绝不过
低层次的人生

富书 著

江苏凤凰文艺出版社
JIANGSU PHOENIX LITERATURE AND
ART PUBLISHING, LTD

图书在版编目（CIP）数据

绝不过低层次的人生/富书著. —南京：江苏凤凰文艺
出版社，2017.10
ISBN 978-7-5594-0952-2

Ⅰ.①绝… Ⅱ.①富… Ⅲ.①散文集－中国－当代
Ⅳ.①I267

中国版本图书馆CIP数据核字（2017）第188532号

书　　　名	绝不过低层次的人生	
作　　　者	富　书	
出 版 统 筹	黄小初　侯　开	
选 题 策 划	杨　颖　张　立	
责 任 编 辑	姚　丽	
特 约 编 辑	张　立	
装 帧 设 计	仙境设计	
版 式 设 计	张津楠　梁　霞	
责 任 监 制	刘　巍　江伟明	
出 版 发 行	江苏凤凰文艺出版社	
出版社地址	南京市中央路165号，邮编：210009	
出版社网址	http://www.jswenyi.com	
印　　　刷	三河市南阳印刷有限公司	
开　　　本	880毫米×1230毫米　1/32	
字　　　数	140千字	
印　　　张	9	
版　　　次	2017年10月第1版，2018年2月第2次印刷	
标 准 书 号	ISBN 978-7-5594-0952-2	
定　　　价	36.80元	

影视版权抢订热线　13911704013

江苏凤凰文艺版图书凡印刷、装订错误可随时向承印厂调换

世界已经变了，只有你还在将就

有一天我在朋友圈里说，最近认识好几个90后，甚至是95后的小朋友，年收入已经超过了四百万，前浪还没有扑腾开，就已经被拍死在了沙滩上。

我发这条朋友圈的时候，其实内心是充满敬畏的。我毕业后在一个稳稳定定的央媒工作，工作两年又被派驻到拉丁美洲，身上还带着拉美自由和远方的气息。

回到国内，发现这个世界完全变了，变得我不认识了，哪怕仅仅距离我毕业才过去了五年。

仿佛就是一夜之间。

我不知道杂志去哪里买了，报刊亭几乎都关了，剩下仍然开着的，好像也是在人流量旺盛的街区，售卖饮料和零食。

看报纸，变成了看手机。而送报纸的，变成了送快递的。

回想我毕业时的2010年，我们还懵懵懂懂地想要跟随杜拉拉的步伐，进入金光闪闪的外企，从助理开始，想要熬到director。

可是一夜之间，外企的光环消失了，你发现薪水连半平米房都买不起了，还没等你遵循着他们的游戏规则升到一个manager，外企大面积地搬去东南亚了。

70后、80后在吵着工资涨不过房价，这些年的青春都是喂了狗，而90后已经年薪百万了。

不，是好几百万。

我朋友圈里70后、80初的大叔们纷纷在那一条下留言，他们不相信95年的已经年收入好几百万。他们说，他们没有经验，没有资历，他们才刚刚进入这个社会，何来的好几百万，这怎么可能呢？

可是，不管你愿意承认与否，这都是血淋淋的事实。当80后还在等着升职，等着加薪，等着有一天终于挤走那个讨厌的女同事，终于能在40岁左右熬到年薪百万的时候，90后们已经在完全不同的赛道上，跑出了令人羡慕的姿态。

我思考了很久，这其中究竟是什么改变了？

富书的陈老师给我这本书，我感觉一切都有了最好的答案。

一切其实就是关乎于将就，还是不将就。

将就的你，从毕业以后就在体制内按部就班的工作，稳稳定定地生活。

你说互联网公司太累了，现在至少朝九晚五，有固定的上下班时间，所以将就着过吧。

　　将就的你，在大公司里享受着高福利，在高级写字楼里自我感觉良好。

　　你说大公司的好就是办公环境，福利待遇，升不上去没关系，原地踏步也还是有这么好的福利，所以将就着过吧。

　　将就的你，终于在相亲N次以后，看着学历、家世、背景、工作都不错的男生，只是不来电没什么感觉。你说，不就是过日子么，什么感觉不感觉的，他条件挺好的，所以将就着过吧。

　　然后你就会说，90后年收入好几百万这怎么可能呢？

　　你谈论的是凑合吧，还可以，算了吧。

　　而他们呢？

　　他们谈论的是时间复利，是风口，是红利期。

　　你考虑的是如何开一家店，赚一份钱，他们谈论的是如何打造出一个爆款产品，在互联网上收入呈指数上升。你们完全就不在同一个时代里。

　　嗯，你都快听不懂这些词语了，因为将就的你连学习的欲望都没有，原地踏步，甚至原地都不踏步，你总是说算了吧，可是算了吧是算不出未来时代的模样的。

　　你也许会说，我是女生，不喜欢在职场上厮杀，我只想要过好我自己美美的小日子。

　　这本书里我最喜欢喵姬的这篇文章《结婚要尽晚，离婚要趁早》。你看到了吗？不仅仅是什么职场，我其实说的是一个宏大的变化。

有多少女孩依然在纠结要赶快找个男朋友嫁了，管他凑合还是将就，仿佛单身未婚就多么可怕，有多少女孩在一个鸡肋的婚姻中以泪洗面，但仍苦苦将就着，安慰自己说，好歹还有一个家。

而新一代的年轻女孩已经非常明白，她们说"婚姻再也不是人生中的必须品，随着时代的变化，人的思想也会随之有很大的改变"，她们再也不想在一段食之无味、弃之可惜的感情中，浪费青春，人生的任何一个支点，她们都不想将就。

这本书让我有了久违的感悟，不单单是职场，不单单是情感，我觉得它描述的是价值观的变迁，世间境遇的更迭，就像"富书"这个品牌一样，它改变了我们旧时代的阅读模式。而我最想要告诉你的是：

这个世界已经彻底改变了，千万不要只有你还在将就着。

孙晴悦

于2017年盛夏

有趣，
才是婚姻的春药

保持适度的饥饿感，
变成更好的自己

有趣，
才是婚姻的春药

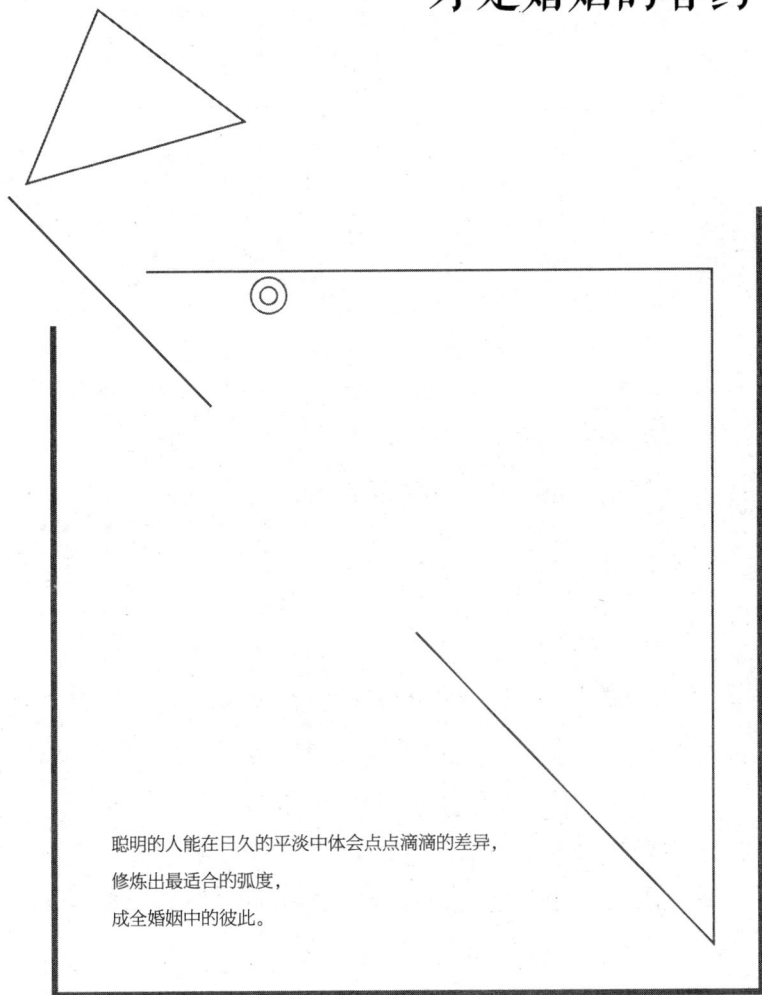

聪明的人能在日久的平淡中体会点点滴滴的差异，

修炼出最适合的弧度，

成全婚姻中的彼此。

你的伴侣决定你的人生层次

文 / 木 木

两个人在一起久了，会越来越有"夫妻相"，而被改变的不仅仅是面相，更重要的是改变着我们的信念、格局和人生层次，两个人在婚姻中的行为习惯和生活方式越来越相近。

01

青姨年轻的时候，一定是一个一等一的美人坯子，即使年纪近四十，还依然小巧精干。干练的马尾辫，光洁的额头，说话干脆，从不拖泥带水，常常人未到，爽朗的笑声早已传来。再加上平时精于人情世故，她在我们整个小区都是一等一的好人缘。

青姨的老公没有相对固定的工作，靠给人打零工挣钱，今年在工地盖房，明年在城市里面拉三轮车，平时见面只限于打招呼，话语不多，与青姨的精干有着天壤之别。

那时，我在读高中。

有一天，青姨捧着一本英语书来找我。

"乖，来给青姨辅导辅导，语文、数学还行，这英语实在是让我丈二和尚——摸不着头脑。"

"青姨，您这是要干吗呢？"

"我想参加明年的成人自考，青姨的中专文凭，现在真的是没法找到什么合适的工作了，前些年带儿子，天天把持儿子的屎尿屁，操持他的一日三餐，现在儿子在学校住校，我终于得闲出去找工作，才发现跟不上现在的社会了……去过很多的公司，人家都嫌我文凭太低。这不我寻思着，考个成人自考，提升一下自己的学历，找个好点的工作，这样也给你叔减轻一下压力。"

青姨说完，羞赧地笑了笑。

"这挺好的啊！青姨，您这个想法很不错呢！人就得活到老，学到老！我叔有您这么个老婆真是幸运呢！"

青姨听完，发出熟悉的爽朗笑声。

此后一段时间，青姨看我放学回家的时候，就往我家里跑，询问一些她遇到的问题。每次问题解决了的时候，她紧锁的眉头便舒展开来，吟吟浅笑，眼神里满是对未来生活的期盼。

青姨每周末都会到我家里找我，坚持了两个多月，可是后来很长一段时间都没来，我以为是她担心会影响我高考复习。

有一次，在楼底下遇到她，我老远跟她打招呼：

"青姨，您最近怎么没有去我家呀？我放假了，刚月考完，今天在家里不忙，您有空就过来哈。"

青姨凑过来，拉低声音跟我说：

"乖，我以后不去找你了，你叔不同意我参加考试，说这么大年纪了，还去出这风头，要考不上，丢人现眼的。这段时间，没少跟他闹架，他就一根筋，根本听不进去，唉！"

见她难过的表情，我没有再多问。

在我的记忆中，我几乎没有听到过我这位爽朗的阿姨有过唉声叹气，我到现在都记得她当时话语里隐藏的失落和眼里流露出的对生活的不甘。

后来我上了大学，便很少有她的消息了。有一次听我妈说，青姨和几个朋友从南方批发一些小饰品到学校附近去卖，由于饰品的款式非常新颖，再加上青姨为人健谈和风趣，货卖得非常好，还跟很多学生形成了固定的客户关系。

青姨有着比较好的经商头脑，她准备在几所学校聚集的区域，盘下一个店面，做大自己的生意，甚至都选好了位置，起好了店名，可是，就在万事俱备、只欠东风的时候，却后院起火。青姨的老公极力反对她开店，理由是，女人家不要在外面抛头露面，而且认为青姨根本就不是做生意的料，甚至还把乡下的亲戚都搬来给青姨做思想工作，劝她放弃做生意这种不合时宜、不符合身份的想法。

我上完大学后，在外地工作，很少回家。可是我几乎每次回家，都会看到青姨在楼底下同一群赋闲在家的中年妇女打麻将，宽松的居家服罩不住她发福的身材，随意绾起的头发在摸牌和牌的动作中随意散落。

她见了我，还是会热情地打招呼："乖，回来看你妈啦！"声音还是如十几年前那么爽朗，只是我还会时常想念起她来问我题时满心希望的样子。

听我妈说，青姨这些年都在家里做家庭主妇，除了买菜做饭，剩余的时间就在楼底下打个闲麻将，蹉跎自己的日子，老公依然是这里那里打打零工。她家日子过得挺拮据，儿子到了该结婚的年纪，至今没有对象。

青姨有时候也会跟我妈抱怨，诉说自己的不得志，诉说自己在婚姻中的一望到头，可是，抱怨完后，依然会坐上麻将桌，在麻将的碰撞声中蹉跎着自己的岁月。

我妈说，婚姻就是这样，嫁给什么样的人，就选择了什么样的生活方式！

02

我公司一位部门经理Lisa辞职念EMBA去了。

Lisa比我年纪稍长，从一所不知名的大学毕业，却真真通过自己的努力做到了外企的中层。

Lisa刚进公司的时候，非常的不起眼，没有顶着"985"或"211"的光环，也没有显赫的从业背景，甚至没有什么特别拿得出手的技能，连英语交流能力也很弱，这在人才济济的外企，绝对是个可以忽略的存在，进公司的职位也仅仅是个经理助理。

然而，她却在进公司6年后，做到了部门经理，我们都惊异于她的一路开挂般的职场生涯。

由于她的离职，我们搞了个聚会。在席间，酒过三巡，趁着微醺，Lisa抓着她老公的手，动情地向我们介绍：

很多年前，我只是一只丑小鸭，是个混进人群里就再也找不到自己的人，曾经，我很自卑，觉得自己一无是处。

后来，我遇到了我的先生，是他让我觉得我的人生光芒万丈，可以无所不能。

他建议我去学英语，建议我去系统地学习管理知识，建议我去考各种相关的证，甚至鼓励我继续写文章，做个畅销书作家……

每次在我想要放弃的时候，都是他为我扫清障碍，给我打气，鼓励我前行！

……

她的老公柔情蜜意地看着她，笑眯眯地对她说：

不是因为我的鼓励，你才会成为今天的你，而是你本来就有可以变得更好的潜力，你所有的一切，都是因为你通过努力成为了你内心更好的自己！

再看Lisa，早已不是当年那个土里土气、不懂穿搭的小女生，也不是当年那个不施粉黛、没有光泽、眼神胆怯，一说英语就囧得满脸通红的青涩姑娘。如今，她已经出落得有着精致的妆容，穿着得体的服饰，说着流利的英语，浑身散发着知性的魅力，眼底眉梢满是干练，更重要的是，浑身上下都透露出一股由内而生的自信和笃定。

我想，好的爱情就是这样，遇到了你的另一半，其实就是遇到了另一个更好的自己，TA会指引着你看到你内心更好的自己，带你进入你以前未曾到达过的人生层次。

03

世人常说，没有林惠嘉，就没有李安。

李安和林惠嘉是伊利诺伊大学同学，恋爱5年之后，两人举行了简单的婚礼。

据李安回忆，戏剧电影系毕业的他在婚后却际遇无常、一事无成，做了整整6年全职"家庭煮夫"，全靠薪水微薄的妻子养着。

生活中的柴米油盐，各种酸甜苦辣，鸡零狗碎，瓦解着他的锐气和激情。

李安曾经觉得前途黯淡渺茫，一度想放弃电影事业从事电脑行业，不过在妻子的鼓励下，他还是坚持了下去。

林惠嘉对李安说：

我一直就相信，人只要有一项长处就足够了，你的长处就是拍电影。学电脑的人那么多，又不差你李安一个！你要想拿到奥斯卡的小金人，就一定要保证心里有梦想。

《推手》这部电影推出后，李安的职业生涯出现了转机。影片上映后好评如潮，他也因此获得当年台湾金马奖最佳导演奖提名。

所有人都称赞这个突然杀出来的青年导演，而李安此时已经36岁了。

李安的两个儿子曾为李安总结了成功秘籍："爸爸很幸福，能够娶到像妈妈这样的女人，这是爸爸成功的原因。"

如今的李安功成名就，没有养家6年的林惠嘉，也许世界将失去一个赫赫有名的导演李安，而得到一个默默无闻的电脑程序员李安。

林惠嘉宽厚、能干、睿智，李安温润、内敛、多才，她的理性遇上了他的感性，就好像一座天平，为这个家找到了一个最适合的平衡点。

04

我们每一个人都至少要经历两次"出生"，一次是从妈妈的子宫中"出生"，一次是从自己的婚姻中"出生"。

我们的第一次出生是天赐的，不管是好还是坏，我们都只有接受。

而我们的第二次出生却是我们可以选择的，一个好的另一半，会让我们的人生获得另一次的重生。

两个人在一起，每日耳鬓厮磨，琴瑟和鸣，你侬我侬；抑或，囿于柴米油盐，每日吵吵闹闹，一地鸡毛。

不管是怎样形态的婚姻生活，不变的是，我们都在不经意间深深地受到对方的影响。

我们常说，两人在一起久了，会越来越有"夫妻相"，而被改变的不仅仅是面相，更重要的是改变着我们的信念、格局和人生层次，两个人在婚姻中的行为习惯和生活方式越来越相近。

有的人，在婚后越发鲜艳，越发自信和迷人，不断追求自我成长，不断挑战自己，攀登上越来越高的山峰，看尽越来越广阔的风景。

有的人，在婚后即使打扮得光鲜亮丽，但还是给人一种干涸枯萎的感觉，她们不敢改变，不求进步，不愿挑战，囚于婚姻的围城中，故步自封，难以看到远方绚丽的风景。

我们互为对方的另一半，我们彼此的层次、性格、阅历、格局、认知和见识都在这段婚姻中获得交换和平衡。

遇到一个高层次的另一半，TA的出现，会唤起我们内心那个更好的自己，会促使你去蜕变，去扩大自己的格局，去提升自己的层次，去拥抱未来那个更好的自己。

而如果不幸的是，你遇到了一个低层次的另一半，那请你不要停止追求你的梦想，不要停下你前进的步伐，不要去害怕改变。

你需要更大的勇气和力量，在唤起自己成长的同时，也去唤醒对方的成长和改变。

嫁给一个人就是嫁给一种生活方式

文 /Jenny 乔

对女人来说，婚姻就是一次整容，因为嫁给一个人就是嫁给一种生活方式，而生活方式会决定你将成为一个什么样的人。

01

再一次见到小玉的时候，她已经脱胎换骨了，红光满面，神采飞扬。清新的短发，精致的妆容，淡定从容的神态，让人无法移开目光。

可一年前的她却完全不是这个模样。

我第一次见到小玉是在一个周末下午的读书沙龙上。沙龙的举办地点是一个充满文艺气息的咖啡厅，每个来参加活动的女孩都打扮得时尚洋气。只有她一身乡土气息，所以我印象特别深。

活动结束之后，我看她拿着一本我喜欢的书，就上前和她聊了起来。

她却尴尬地说，书是房东留下的，她只是顺手带了出来。

原来，她刚从老家一个三线城市来到北京打工，举目无亲的她有点不知所措。老家的亲戚朋友都说她应该多参加点社交活动，了解北京的生活。她左思右想，读书沙龙是最安全的社交活动，所以她来了。

说到这里，她脸上划过一丝尴尬，可能她也知道自己和这里是多么格格不入。我们互相留了微信，但也没再联络过。

后来，我的工作越来越忙，再也没有去过沙龙。可她的朋友圈里却时常分享读书沙龙的照片。

后来我又去了沙龙，一切都没变，除了小玉。那次，她主动上前和我聊起这段消失的日子，言语之间，满满的自信。

这一年，她在北京找了一份稳定的工作，每周末都去沙龙看一会儿书，和大家聊聊天儿。我以为是读书改变了她的模样和气质。

02

那天的沙龙分享的是一本哲学入门书《苏菲的世界》，主讲人是一个大学老师，逻辑清晰，谈吐不凡。

哲学书是沙龙很少会谈起的话题，内容枯燥，受众很少，却被他讲得津津有味，让人忍不住钦佩他的才华。

沙龙结束之后，分享人突然走到小玉身边，小玉这才想起还没介绍，这是她先生，他们也是在读书会认识的。

那一刻，我才恍然大悟，原来改变小玉的不是书，而是婚姻。

讲真，一个女人嫁得好不好，不用她开口，看一眼就知道。

对女人来说，婚姻就是一次整容，因为嫁给一个人就是嫁给一种生活方式，而生活方式会决定你将成为一个什么样的人。

闺密们的聚会上总是离不开恋爱婚姻的话题，这些追求物质精神独立的大女人大多看不上那些攀了高枝的姑娘，比如Z。

虽然大家谁也没说，但是自从她找了个含着金汤匙的老公之后，在朋友聚会出现的频率确实低了很多，不是她不出现，而是很多人都不再约她出来。

当初，Z决定接受她先生的时候，也曾迟疑过。

有一段时间，她几乎每天要给我打电话聊天，不是觉得自己配不上生活优越的对方，而是亲朋好友一直在善意地提醒她，好的婚姻至少要家境匹配。

后来有一天，她突然拿着喜帖宣布自己要结婚了。

我很高兴她终于做了这个决定，也很好奇，到底什么原因让她想明白了。

她说最近遇见了一个女同学，嫁给了一个和她外貌、家境、收入各方面都相配的男人。

唯一的差别是她是一个有上进心的女孩，希望两个人一起努力让日子越过越好，而他却是一个喜欢安逸的人，每天煮饭、看电影、逛街的简单生活就让他心满意足。

渐渐地，连她也忘了自己原本渴望的生活是什么样子。

每每说起婚姻，这个女同学只是叹着气说，大概每一段婚姻最终都会变得平淡枯燥吧。

这句话深深地刺激到了她，因为和男朋友在一起，她从来没觉得日子乏味，他带她去看她从不知道的新奇世界，给她讲她从没经历过的事。

他给她另外一个世界，而她是如此喜欢。

其实，我早就知道，她不会放弃这段感情，因为认识他之后，她活得越来越好，也变得越来越漂亮。

因为他喜欢健身、注重饮食，她也抛弃了零食和外卖。

因为他经常要出席商务晚宴，她也开始学习打扮自己。

因为他总是从容不迫地应对生活里的问题，她遇事也不再急躁冲动。

过去，她总是介意别人的眼光，害怕被朋友孤立。结婚之后，她的目光越来越坚毅，只要她想做的事，谁也拦不住。

总之，结婚之后，她的眉头不再紧锁，反而脸上常常现出浓浓的笑意。

03

有些人结婚之后，生命在萎缩，她们责怪平凡的日子和琐碎的家事磨掉了曾经的壮志雄心，但实际上是身旁的人让你失去了改变未来的信心。

而另一些人，结婚之后，却越活越灿烂。她们和另一半探索未知的世界，分享生活的有趣和多彩。

那个嫁给健身教练的姑娘，就是身材越来越好了。

那个嫁给大学老师的女孩，就是气质越来越优雅。

选择一个人就是选择一种人生。和另一个人在一起时间久了，不仅会越长越像，脾气秉性、处世态度，连人生观、价值观都会有变化。

而这些变化，都会呈现在女人的容貌里。

有很多苦尽甘来的故事都是从结婚那天开始的。

女友A小时候，父母感情不好，所以性格孤僻冷淡，事业不顺利，朋友也没几个。

她从来不觉得自己值得被爱，也不相信会有人喜欢这个一无是处的自己，所以对这个世界充满敌意，总觉得别人针对自己。

每次和她说话，都很堵心，好话永远不会好好说。

可是，婚后的她却完全变了一个人，在一个男人的细心呵护和百般忍耐下，她的性格越来越柔软。

如今的她，每个月都请朋友到家里聚会，她也学会了体谅你迟到的焦急，理解你不能及时回她信息，也毫不吝啬地帮朋友渡过难关。

她开始相信，这是个有爱的世界。

看着她日益娇俏的面容，我真心觉得，婚姻就是女人的一次整容。想要改变命运，不用在脸上舞刀弄枪，找一个爱你的人，脸上就会有光芒。

婚姻可能是锦上添花或是雪中送炭，当然也可能是一场悲剧。

所以，龙应台在给儿子安德烈的信中说，你需要的伴侣，最好是能够和你并肩在船头，浅斟低唱两岸风光，同时更能在惊涛骇浪中紧紧握住你的手不放的人。

换句话说，最好她本身不是你必须应付的惊涛骇浪。

爱情不是人生的唯一，甚至不是必需品。

很多人，没有爱情，依然过着充实自在的生活。

但是婚姻不同，选择一场婚姻，就是选择另一种人生，两个人在一起，没有谁到最后还能保持自己原本的样子。

那些扬言自己没变的人，只是没看见自己的改变。

婚姻就是女人的一次整容。

所以，无论你多么彷徨、多么着急或是多么沉迷，结婚之前都要谨慎，因为它不仅会决定你后半辈子的生活，还会影响你后半辈子的模样。

最亲密的爱人，也要保持距离

文 / 老苹果

01

以前在情感节目里见过这么一对情侣，男人是私家车司机，工作很忙，女人是普通职员，身材娇小，长相温婉，给人一种温柔贤惠的感觉。

但事情完全不是这么回事，男人叫苦不迭。他觉得女人一点儿都不温柔，更提不上贤惠，她控制欲太强，把他牢牢握在手心里，逼他逼得太紧，他的生活毫无乐趣可言。

在他的眼里，女人太强势，把他的空间侵占得丝毫不剩。

她会在他工作的时候不停打电话给他，想要确认他在哪里，在做什么，只要不接电话就一直打，简直是夺命连环call。

跟她说了在哪里，她也不信，一定要他拍照片发给她，生怕他背着她做亏心事。他开车时需要集中注意力，而她三番五次地打电话过来，频频提要求，一言不合就在电话里吵开了，完全不顾及他还有顾客在场，这使得他心情很糟糕，工作起来很受影响。

女人还有当私家侦探的潜质，而且比私家侦探的水平差不了多少。

她经常检查车里的香水，少了多少她都能发现。里程表这次走了多少？和上次比是否正常？她也心里有数。

不止如此，他的手机经常被翻看，可疑的联系人都会被盘问一番。她很少相信男人说的话，经常通过手机定位了解男人都去了哪里，以此对证。甚至还要求互换手机，以此确认男人是否出轨。

男人以工作不方便为由拒绝，她就以为男人有出轨迹象，是有意避开她。

男人没有别的爱好，就喜欢打游戏，而这唯一的爱好也受到管制，理由是为了他好。

男人说被她折腾得很累，本来工作就很累了，还要时刻接受她的监视，回家更要面对她的盘问，一刻都不能轻松，搞得自己身累心更累，如果她还这样的话，就考虑分手。

女人也是振振有词，她认为自己都是为他好，为了维系他们的感情。

在主持人的逼问下，她才承认了这么做的真实原因。

她内心深处对这段关系不是那么有信心，她对男人也没有那么信任，她总觉得男人有意隐瞒一些事情，不是很诚实。但她是真的爱他，生怕他会另寻新欢，所以她才会这么步步进逼。

他们的距离太近了，尤其是女人，她强横得侵占了男人所有的空间，不留任何余地。她要男人对她完全开放，不留任何秘密。

因为离得太近，男人没有了自由和喘息的空间，甚至连隐私都没有，所以女人在他的领地里做什么都会引发他的反抗。

正因为距离太近，感情上没有缓冲地带，一旦发生矛盾，连转圜的余地都没有，只能硬碰硬，关系更加容易破裂。

02

刘若英在新书《我敢在你怀里孤独》中表达了这样的观点，即恋人间最好的状态就是"窝在爱人怀里孤独"。

两人无话可说并不可怕，聚少离多也不可怕，虽然物理距离远，心却那么近。

对于和先生的关系，刘若英总结，他们心里是亲密的，生活是独立的。他们在家里各自拥有独立的空间，各做各的事，互相尊重，互不打扰，自得其乐。

刘若英结婚后也一直在工作，满世界飞，经常出门半个月不回家，而先生也不会过多联系她。在节日的时候，刘若英有时候会选择和朋友小聚，而不是和先生在一起。他们都认为，只要对方心里有彼此，大可不必如此频繁地联系。

他们经常同时出门，却到不同的电影院看各自想看的电影。回到家也是一个往右走，一个往左走，共同的空间是中间的厨房和餐厅，他在他的空间做事、讲话，她不受影响，而她也拥有属于自己的空间。

他们曾计划两人共用一间书房，一个大书桌，一人在一边，但她感觉那样比较像网吧，最终选择把两个人的书房安排在距离最远的对角线。

他们去咖啡厅，两个人面对面坐着，咖啡一上来，先生便拿手机看起来。刘若英不会觉得受到了冷落，因为她接受了先生的这个习惯。

她不认为两人坐在一起就一定要说点什么，她放任自己的思绪在咖啡厅里游荡，想想这个，考虑一下那个，与先生一起在咖啡厅里各自"自处"起来。她觉得这样的关系很和谐，总好过隔壁那些老夫妻以冷淡的语气交谈起无聊的话题。

他们的相处模式，充满距离感，总是给人一种不够亲密的感觉，不像是正常的夫妻那样出双入对，你侬我侬。但他们的感情却日益深厚，心理上的默契也在增加。

刘若英回忆在生儿子之前有点忧郁，不知道能否做一个好妈妈，有一天站在先生的书房门口，看着他，先生的第一反应是"你怎么会来"，因为没事她不会进到他的书房。

在得知原因之后，刘若英的先生没有说什么，只是淡定地请她帮忙做午饭，听完这个话刘若英转身进入厨房，开始集中精力做饭，忧郁的情绪就逐渐消散。

他们之间有距离，但是心却很近。有距离，说明他们尊重彼此，优雅地不去探求对方的隐私。

心很近，是因为他们信任彼此，对他们的感情充满信心。他们的感情有缓冲区，即使有矛盾，也有空间去修复。

03

泰国电影《永恒》讲了这样一个故事，富有的叔叔娶了年轻漂亮的妻子，而叔叔恰巧有个侄子，电光石火间，年轻的婶婶和侄子跨越了防线，他们相爱了。

低俗又烂套的桥段，让人觉得这是个烂大街的情色电影，但重点不在这里，因为这是个悲剧。

叔叔发现两人的奸情后，没有杀掉他们，他选择了不可思议的惩罚方式。他将两个人的手臂用链条锁在一起，他们被绑在一起，他要他们永永远远在一起。

刚开始的时候，两人心满意足。想想也是，男的英俊儒雅、气质不凡，女的年轻漂亮、性感妩媚，俊男靓女，天造地设的一对。两个年轻的身体，在荷尔蒙的刺激下，缠绵缱绻，他们很快活。

他们发誓，要永远相爱。

随着在一起的时间日渐增多，他们之间的矛盾越来越多。时刻在一起意味着，一个人洗澡、上厕所、刷牙、吐痰等各种不堪的行为都被另一个人看在眼里。也意味着褪去了朦胧的面纱，彼此的真实面目逐渐显现，各自的不同也在互相打架。

爱情还新鲜的时候，他们还能容忍，但随着时间的累积，他们的耐心慢慢被耗尽。摩擦渐生，争吵不断并且日渐升级。爱与恨交缠，轮番上阵。

欢愉后就迎来了互相的憎恨，爱恨纠缠在一起，想要逃脱却又不能，真的应了萨特的那句预言："他人就是地狱。"

女人忍无可忍，最后她选择了自杀。但情形依然没有好转。因为被绑在一起，男人仍然要和她的尸体在一起。不管他去哪里，做什么，都要带着女人的尸体。相爱的时候，他们就互相憎恨，现在她更是他的绊脚石。最终他精神失常了。

爱的时候，死去活来，山盟海誓，发誓说永远在一起，但是真的在一起了，未必能忍受得了如此近的距离。

04

爱情里流行一句话，叫相爱相杀，大意类似于最爱的人伤你最深吧。

别人用大头针扎我们，我们可能不觉得很疼，但是爱人拿着大头针扎我们，却可能会让我们心碎。

因为恋人是走入对方心灵深处的人，关系如此亲密，对方的一举一动都比其他人的伤害有更大的杀伤力。爱人每扎一针都是扎在了心脏上，这是致命伤。

很多没能走到最后的亲密关系，是因为他们之间没有了界限，距离太过亲近，彼此干涉太多，所以摩擦渐生。

而走得太近，也可能是因为对这段感情信心不够，彼此之间不够信任。要解决这个问题，还是要从距离着手。

　　琴弦并行，各自发出不同的声音，保持适当的距离，能弹出好听的旋律。如果纠缠在一起，就没法弹奏。

　　同样的，相爱的两个人也要保持适当的距离，这个距离主要是心理距离。让这段距离成为这段感情中的缓冲区，发生矛盾的时候，不至于擦枪走火，伤筋动骨。

　　为了让感情长久，最亲密的爱人，也要保持距离。

男女之间最好的春药不外乎这两个字

文 / 微微一笑很倾墙

01

朋友的朋友萨萨结婚了，朋友说他们那对小夫妻比翼连理、恩爱不疑。

我偶然间遇到婚后的萨萨，也发现她气色特别好，眼角眉梢都可以看出她正处于幸福的婚姻中。看到这样的她，我都不敢想象眼前这个幸福的人儿竟是几年前那个被爱情折磨得憔悴、疲惫的女孩。

萨萨和前任是高中同学，青春时代的爱情总是来得简单又纯粹。可能只是因为篮球赛场上那个完美的三分投篮，可能只是教室前排那个女孩的背影纤细又俏丽。

升入大学后，萨萨和男朋友不断产生矛盾。萨萨想要上课，他责怪她不能翘课陪他玩乐；萨萨准备考各种证书，积极参加校园活动，他说那全是无用功；萨萨准备考研深入学习，他说她最好毕业就工作，然后就和他结婚。

萨萨原本在他心中如天使般的美丽，却经常被他嫌弃腿不够长、胸不够大、腰不够细。萨萨清纯的外表曾经被他爱的死去活来，现在他却要求她穿着性感，妆容妖艳。

萨萨真的很珍惜这段感情，偶尔翘课去陪他玩乐却需要熬到深夜才能把知识补回，开始为了他节食减肥却患上了胃病，强忍不适穿上暴露的衣服、画上性感的妆容却不愿照镜子看自己一眼。

可萨萨尽管百般努力，却还是没能挽留住这段感情，流连花丛的前男友和萨萨挥手告别。

分手后，萨萨开始消沉、萎靡，整日或以泪洗面，或不停地拨打前男友的手机，可是在半个月后这个姑娘竟突然就回归到了曾经那个努力上进的自己，甚至比从前更甚，只不过是她开始形单影只，做什么都是一个人。

02

老子云："祸兮福之所倚，福兮祸之所伏。"

萨萨在自己生活一团糟的时候遇见了白。萨萨的爸爸生病住院，她白天忙工作，晚上来替换妈妈照顾爸爸。

照顾爸爸的同时，她又一边处理工作，一边忙考研。（当初因为前男友的阻止没有选择考研让萨萨特别后悔，所以她一直在边工作边准备考研。）

一次萨萨困得不行，她便狠力地掐自己，痛感袭来的同时她感觉好像有人在看她，抬起头，她发现病房门口站着一个偷笑的男医生。

一个出糗被人看到，一个偷看人家被抓包，两个人都异常窘迫地红了脸。

后来萨萨经常会看到他来爸爸的病房检查，一来二去两个人的交流也变多了。

白会在萨萨冥思苦想做不出考研题时偶尔指点两句，会在每晚来到病房时递给她一份消夜，然后摸着鼻子，有点尴尬地说，和他一起值班的人买多了一份。

就在萨萨爸爸准备出院的前一天，白依旧像往常一样拿给萨萨一份消夜。萨萨吃得正香时，他突然说要告诉她一个秘密。

白说萨萨每天晚上吃的消夜都是他做的，而且他们白家有个祖训那就是白家的男人只给自己的媳妇做饭吃。

萨萨一口饭卡在那里，大眼睛瞪得圆圆的，咳嗽不停。

白一边拍着萨萨的后背一边说："做我女朋友包管你一日三餐，你全力工作和准备考研，我作为男朋友可以兼任厨师和辅导老师，好不好？"

好不好？

当然是好啦，面对白，萨萨早已经春心萌动，小鹿乱撞了，不然也不会觍着脸，白白吃了人家很久的消夜。

后来的后来，萨萨和白相恋一年后就步入婚姻的殿堂，恩恩爱爱地过着幸福的小日子。

03

听朋友说萨萨的前男友也找到了自己的真爱，绝对是按他心中标准找的，长腿大胸，妆容性感，两个人现在共同经营着一家服装店。

两个都是颜值和身材俱佳的人，根本省去了请模特的钱，自己穿上衣服发到淘宝上就卖得火爆。自家做生意，心血来潮时，两个人想出去嗨一番便停业休息，嗨过之后却又都尽心发展服装生意，因为这是两个人共同的工作与爱好。

萨萨的前男友喜欢性感火辣的女孩，喜欢打扮时髦的女孩，喜欢可以陪他玩乐自由飞翔在这世间的女孩，所以他没能和自己的初恋那个纯得像水一样的女孩走到最后。

然而白懂得萨萨努力的精神，懂得她不断学习、不断超越自己的人生追求，懂得她的素面朝天和性格里的小可爱，懂得她这个小吃货对美食的无法抗拒，所以即使他来得迟了，却成为了陪伴萨萨走到最后的那个人。

这世上有一见钟情也有日久生情，然而能成功走到最后的爱情却需要两个人的彼此懂得。

他懂你的笑容，懂你的眼泪，懂你撒娇时的小表情，懂你受了委屈后即使强装坚强也会在无人的深夜里哭泣。

一个喜欢自由玩乐人间，一个喜欢踏实平稳的生活。性情迥异的两个人很难走到最后，因为幸福婚姻的基础是三观的一致，是彼此的懂得。

无论你是清纯还是妩媚，无论他是成熟还是狡黠，只有懂得才是男女之间最好的春药，也是爱情永远保持新鲜的秘诀。

04

爱情需要懂得，婚姻需要懂得。若他喜欢清冷的爱人，你的撒娇卖萌只会令他觉得腻味；若他喜欢柔弱的爱人，你的能干只能被厌烦为世故。

对一个喜爱自由的浪子要求岁月静好现世安稳，无异于对他筑起了牢笼；对一个为了生计而奔波于滚滚红尘中的人要求贵族姿态、雍容华贵，无异于可笑至极。

陈奕迅在《爱情转移》中唱道：

徘徊过多少橱窗，住过多少旅馆……熬过了多久患难，湿了多少眼眶……流浪几张双人床，换过几次信仰，才让戒指义无反顾的交换。

有些时候，相恋多年的爱人却不能修成正果，相处不久的却觉得对方是自己的命中注定的那一个。

有些时候，一个人不断流连于不同怀抱却都没能走到最后，一个人孤孤单单多年，想要的爱人却迟迟不出现。

其实迟迟收获不到想要的爱情，不是我们要求太高也不是我们不够好，我们只不过一直都在苦苦寻觅、苦苦等待那个懂得自己的爱人，等待那个因懂得这种春药而在彼此之间产生美妙契合度的人。

他懂你的美、懂你的俏，通过一个眼神，或者一个细微的动作，他就可以感知到你的想法，这绝对是点燃男女爱情与激情的最好的春药。

圣经说女人是男人身上的一根肋骨，没有男人，肋骨居无定所孤独地徘徊于这世间，没有女人，男人缺失一根肋骨就不是一个完整的男人。

一根肋骨配一个身体，一个女人嫁给一个男人，只有彼此懂得的两个人才能完美契合，相依相偎在这滚滚红尘里。

你是不是嫁得好，只看这一点

文 / 未末小七

01

女人怎样才算嫁得好？

也许你觉得是嫁到一个帅气的老公；

也许你觉得是嫁给一个多金的男人；

也许你觉得是嫁给一个浪漫的老公；

也许你觉得是嫁给一个体贴的男人。

但我觉得女人是不是真的嫁得好，只看这一点就够了。

认识Y的时候，她已经是公司的老板娘了。很多人都羡慕Y，夸她有眼光，选的老公A是一只潜力股。

是的，A确实是一只潜力股。10年时间从一个一无所有的穷小子，自力更生，白手起家，奋斗成为一个有着上百员工的公司老总。公司开了一个又一个，房子买了一套又一套，车子换了一辆又一辆，唯独老婆孩子始终如一。

每个人都觉得Y很幸福，老公帅气，孩子可爱，有钱有闲。在很多同龄的女性还在为了生存拼命挣钱的时候，她已经在家里舒舒服服地做起了她的阔太太。

可是Y并不是一个只知道享乐的人，Y也是普通家庭出身，所以更懂得努力奋斗的意义。她一直有一个渴望而没有实现的梦想，那就是学做蛋糕，开一家蛋糕店。

以前为了公司忙来忙去，好不容易公司步入正轨，自己终于可以停下来休息休息，做一些自己真正想做的事情了。

Y把自己的心愿告诉A，希望可以得到A的支持。

可是A听完后，很生气，他不能理解Y为什么这么不安分，他挣的钱又不是不够养她，为什么还要这么折腾？学什么做蛋糕，有开蛋糕店的时间还不如在家做做家务，好好带孩子呢，再不行去公司帮他管管账也是好的。开个蛋糕店算什么梦想，能挣多少钱，还不是浪费时间、浪费精力。

Y脾气也冲，和A大吵了一架。她觉得很委屈，自己为公司打拼了这么多年，现在公司发展起来了，难道自己连做一件真正想做的事情都不行吗？难道有老公养就不可以有一份属于自己的事业了吗？

但不管Y如何生气，A就是死活不同意。

这件事只能不了了之了，虽然Y很不甘心，可是为了家庭和睦，她还是选择了放弃。

02

后来，A的生意越做越大，应酬越来越多，夜不归宿的日子越来越多，在家的时间也就越来越少。

Y埋怨A不顾家，天天就知道在外面花天酒地。A一听Y这样说自己就生气了，说："难道我在外面挣钱就不辛苦吗？我挣钱供你们吃、供你们穿，你还要我怎么样？！"说完便摔门而去，很多天都不回家。

后来，Y实在忍受不了A的夜不归宿、花天酒地，以及不间断的外遇，最终选择了离婚。

很多人都劝Y别犯傻，男人只要挣钱给你花就行了，要求那么多干什么。好好在家享清福就好了，三十几岁的人了，还谈什么梦想。

没有经历过，就无法说自己真的感同身受。外人说得再多也只是站着说话不腰疼。

她们觉得男人只要有钱就好了，管他在外面如何花天酒地，管他支不支持自己的梦想，梦想的终极目标不就是挣钱吗？现在有钱了，还谈什么梦想。

可是，只要是陪男人一起苦尽甘来、一起拼搏奋斗的女人，都会把爱看得比钱重要。只有那些在男人事业有成后，半路杀出来的小三、小四，才觉得男人只要有钱就好。

离婚之后的Y，带着女儿，开始投身到自己的追梦之路上。每天早起晚归，用心学习制作蛋糕，Y很有天赋，学得很快，不久就可以做出很美味的蛋糕了。

杨澜在一篇给二十几岁女孩的忠告的文章中说："找一个能帮你实现梦想的老公。"

以前看到觉得很不能理解，找老公的前提难道不是爱吗？找能帮自己实现梦想的男人做老公会不会对婚姻的功利心太强？

后来渐渐懂了，爱情随着激情的褪去，终会变得无关紧要，这就是很多人为什么觉得结婚后，男人没有以前那么爱自己了的原因，而这时判断一个男人爱不爱自己的标准，就是看他是否愿意支持你的梦想。

男人愿意把钱交给你保管，把时间空出来陪你，但不一定愿意支持你的梦想。因为支持你的梦想对男人的要求更高，意味他要付出更多的金钱、时间与精力，还需要有一颗强大的心。

03

如果男人内心不够强大，就会出现像我认识的一位老阿姨一样的遭遇。

老阿姨从小学习唱戏，十几岁就跟着戏班天南地北地去演出。她那时是我们当地一名角儿，很多戏班都争着抢着请她。

那时家里穷，哥哥没有媳妇，为了不让哥哥打光棍，家人就找了一户也有女儿的人家，两家私下一商量，决定换亲。然后在她二十多岁人生最辉煌的年纪，家人强行将她嫁了过去。

过门以后，男人希望她可以在家里安心操持家务，也担心她戏唱得越来越好，名气越来越大以后，会抛弃他。

所以，他死活不同意老阿姨唱戏，把她锁在小黑屋里，拼命地用鞭子抽打，直到她保证再也不唱戏了才放她出去。就这样，老阿姨从此与戏绝缘，一个唱戏的好苗子就这样被一个自私自利的男人活生生地扼杀了。

虽然老阿姨与男人携手共度了大半辈子，但从老阿姨的脸上可以看出，这段婚姻中她并不幸福。虽然老阿姨绝口不提唱戏的事情，但不说不代表就此忘记。

往事如烟，不着火又怎么可以灰飞烟灭，而点燃它，只怕更会灼伤了自己的心。

提到婚姻幸福，很多人最先想到的就是嫁给一个有钱的老公，吃不愁穿不愁，就是女人最大的幸福。

就像有句老话说的："嫁汉嫁汉，穿衣吃饭。"

如果老公再帅气一点，再温柔体贴一点，人们就会觉得这个女人真是走了大运了。

难道这就是女人的终极幸福吗？

可是如果一个男人只能给你钱，又何尝不是一种悲哀。

嫁给有权有钱有颜值的老公并不一定就会幸福，嫁给一个愿意支持你梦想的男人才算真的嫁得好。

04

看过一个综艺节目，节目中参赛选手是一个将近50岁的女士，可是每个人都以为她最多30岁。

因为不管是她的外貌还是身材，都保养得很好，皮肤紧致，身材突兀，一看就是美人。

当女士表演完后，主持人们问她："你为什么可以保养得这么好？"

她幸福地笑着说自己找到了一个好老公，然后便邀请自己老公上台。那是一个木讷老实的男人，看外貌感觉足足比女人大了十几岁，但其实他只比女人大了几个月。

主持人问他："老婆长这么漂亮，让她出来跳舞会不会担心？"

男人自信而又腼腆地说："不会，只要是她想做的事情我都会去支持她。"

很多人都强调在婚姻中女人要尊重并支持男人的梦想，其实尊重是互相的，好的婚姻一定是互相尊重、互相支持的。

很多人都觉得"我负责赚钱养家，你负责貌美如花"，就是对女人最好的爱。那一句"我养你啊"，不知让多少人痛哭流涕。

可是美貌总是留不住的，若是年老色衰时他又是否会始终如一？

他养你，也许有一天只会变成他只是养你。给你很多钱，却只愿给你一点爱。

因为你是一个没有梦想，只知道花钱的女人，这种无所事事的女人最后都会变成一摊死水，让男人避之不及。

而那些勇于追求梦想，并且得到老公全力支持的女人，或在职场驰骋，或在自己的爱好上努力专注，都带给了她们无限的快乐，她们不仅家庭幸福，自身举手投足无不散发着自信与从容。

因为她们知道，不管怎样，还有一个爱我的老公在支持我，这就够了。

一个女人是不是真的嫁得好，不是看她穿什么衣服，拿什么包。而是看她的老公是否愿意支持她的梦想。

而一个男人是否真的爱一个女人，也不是给她很多钱，而是愿意支持她去做她想做的事情，帮助她实现未完成的梦想。

结婚要尽晚，离婚要趁早

文 / 喵 姬

01

说婚姻有"七年之痒"，熬过去了后面的日子就过得好了，但是结婚10年后，却有很多人都动了离婚的念头。

太多人在结婚的时候只是为了结婚而结婚，或者是为了留住一个人而结婚。

在世界观都没有树立完整的情况下，这样的婚姻是带着一定的冲动的。

结婚10年后，想要离婚，大多都是心智已经成熟，想要过自己想过的人生。

结束一段感情，往往比开始一段感情更加困难。

因为这里面包括了曾经付出的感情还有习惯，能不能开始一段感情，单方面就有绝对的决定权，要想结束一段感情，却需要双方都达成一致。

很多感情上发生的悲剧都是一方不愿意放手所造成的。

"结婚要尽晚，离婚要趁早"，当你长期驱散不掉离婚的念头时，就意味着这段婚姻再维持也是一座地狱，对双方都是折磨。

我一直都觉得我是一个晚婚的受益者。

我刚大学毕业的时候，参加的那些同学的婚礼，现在有几对都已经离婚了。而已婚10年的，大多都在纠结，怎么离婚。

以前我们单位的一个同事，她的关注点总是那么特别，看哪对夫妻吵架的时候，她就觉得羡慕。她说要是吵架，就能找到一个切入点了，要是不和，就能吵着离婚，一对不吵架的夫妻，连离婚的切入点都找不到。

这个同事，特别羡慕婚姻中很活跃的人，不管是浪漫还是吵架，最起码不要淡如水。

婚后10年的夫妻关系，更感觉"食之无味，弃之可惜"。

大家都在因为出轨或者是吵架而产生矛盾的时候，一对日常无争无吵的夫妻，倒是显得很幸福了。

同事说，一段无波澜的婚姻，就跟一份稳定的工作一样，一眼就能看到头。在婚姻中，她没有很爱她的丈夫，最起码没有爱到要生要死的那种。这种状态更像是合作养孩子一样。

平淡是婚姻中最大的敌人，这是婚后10年想逃离的最大原因。

记得我那个同事说："结婚10年，我现在最想离婚，但是一想到这个婚姻，我坚持了10年，放弃了有些可惜。"

这就是鸡肋般的婚姻。

我记得以前我留长头发的时候，耳朵后面一部分头发长得特别长，又长得快，虽然整体的感觉有点不协调，但是毕竟很难长长，所以一直都留着。

有一天我姐看到了，她说："你这边的头发怎么那么奇怪？"我说："这边长得长啊。"

她蹦出了一句："长又怎么样，可是丑啊。"

婚姻也是一样，如果只是因为它长舍不得剪掉，那就要牺牲整体的美观。

"食之无味，弃之可惜"是一种内心的痛苦挣扎。

02

我不敢说一辈子只能有一次婚姻，我也不敢说一辈子不要只有一次婚姻。

无论肯定哪一面，都是一团乱。

婚姻本就是基于个人的需求而做的决定和考虑，而不是因为外界的条框而需要约束自我的选择。

如果你幸运，一次就遇到了能厮守终身的人，那么，这是极度幸运的。

很多年轻人在结婚的时候，其实是还没有具有可以承担婚姻责任的能力，等到他们真的有了这个能力，他们就会想要结束这段婚姻了。

年轻的时候，结婚的动机更多是想要留住一个那时候爱得死去活来的人，等到想要离婚的时候，却是因为他们清楚知道自己想要的人生是怎么样的了。

冲动的离婚，往往还有很大挽回的机会；平静的离婚，才是两人最绝望或者是真的没有生命力的婚姻。

任何人都救不了一个一心寻死的人，任何方法也救不了一段没有了生命力的婚姻。

小李当初和丈夫是通过相亲认识的，现在已经结婚11年了，她和丈夫的关系就是平平淡淡。两人勤勤恳恳工作，买了一套房子，孩子现在正在读一年级。

她说，她想离婚，但是却找不到离婚的理由。因为老公没有出轨，生活中也没有吵架。但她就是有一种想要离婚的强烈念头，她说她想要自己可以决定自己的事情，可以不用经过商量，可以不用委屈自己的想法，只想自由就好。没有任何的动机，只想要自由，也不想吵闹离婚，只想平平静静地分开。

这是一种可怕的想要离婚的欲望，几乎没有挽回的余地。

当初结婚，是因为双方都觉得，对方是一个可以结婚的人，比较靠谱，也能安定过日子。没有太深的感情，两人都是奔着结婚而走在一起的，按部就班地到了年龄就结婚，婚后攒钱买房生孩子。把这些所谓人生"必经"阶段都做完之后，她才开始焦虑，她有丈夫，有孩子，有房子，却没有婚姻。

婚后的11年，她想要放弃自己的婚姻，为自己而生活。

婚姻再也不是人生中的必需品，有人说，随着时代的变化，人的思想也随之有很大的改变，多段婚姻可能会成为以后的主流，但是无婚也有可能会发展成为一个大趋势。

03

创业会犯错，几乎没有一次创业就能成功的。一次创业就成功，概率微乎其微。

以前和一位姐姐聊到融资。她说，融资最大的一个好处就是给你一个"试错"的机会，但是融资之后，你要承担更大的责任和压力。

婚姻也是一样，你不走下去，就不知道，这个人是不是你的"成功"。

结婚就像是一个拿了融资的创业公司，一方面要顾着自己的理想能不能实现，另一方面也要负担起投资人的收益。

拿融资的初心都是希望自己选的这条创业方向和项目是能成功的，我们不断地付出和努力，争取能做出成绩。100家拿了融资的创业公司，有50家能达到预期收益的，这就是一个非常可观的数字了。太多人，在这方面捆死了自己，一次创业失败，就否定了自己的能力。

很少有人做的第一个创业项目就能成功的，这就跟钱钟书和杨绛的爱情一样，这样的爱情，一旦存在，就是传奇。

婚姻中也是，不是你不好，而是你选择了一个和你不适合的人结婚，所以婚姻才会没有幸福感。

死守着一份不合适的婚姻，就像守着一只烂股票一样，非要跌到停盘了，才认识到自己的坚持是错的。

坚持了10年的婚姻，让人更有一种难以放手的感觉。

婚姻不是人生的全部，在婚姻中还能不断自我成长，这才是一段好婚姻。需要有一个支持你的爱人，和一个你想达到的目标。

婚后10年，对自己的人生和理想有了更明确的方向，但是基于对婚姻的责任，很多人都选择了放弃自己的所有想法。

一个不允许自己犯错的人生，是极度痛苦的。

你是舍不得那10年的婚姻呢，还是为了这个10年，再搭上自己另一个10年，或者一生？

没有舍不舍得，只有正不正确。

高质量的婚姻，离不开这三点

文 /Judith

爱情是女人最好的化妆品。被爱情滋润包围的女人，面如桃李，色如晚月，说不出的滋润，满满幸福的感觉溢于言表。这只能意会不能言传的幸福是骗不了人的。

女人，比男人更代表着这个家的"脸面"。女人有着发自内心的幸福模样，这个家庭的婚姻质量肯定也差不了。

现在家庭的组成结构，由联合型家庭（父母和多对已婚子女组成的家庭）或者主干型家庭（父母和一对已婚子女组成的家庭），变化为核心家庭（只有一对夫妻和子女的家庭）。夫妻的关系，是家庭中的核心内容。

和睦美满的家庭关系，离不开高质量的婚姻。

事实上，高质量的婚姻，离不开以下三点：能群"居"、能独处、有好的沟通模式。

01 能群"居"

首先要声明，所谓"居"，并不是一大堆人住在一起，好像老式家庭没有分家的样子。一大群兄弟、妯娌之间，或者隐忍或者吵闹地一起生活。

我说的"居"可以参考《小石潭记》，"不可久居，乃记之而去"，当"停留"讲。

一大群同事、友人聚会，好几对夫妻掺杂其中，大伙儿一起玩呗，还有什么讲究吗？当然有讲究！

小沈公司的家庭日活动今年缩减开支，地点定在体育场。可以带配偶和子女一起来参加各种体育活动，乒乓球、羽毛球、篮球、保龄球，三楼大厅还有卡拉OK比赛，锻炼身体，增强体质，培养团队精神。

小沈和新婚的妻子小青刚一进场，小沈就被同组的羽毛球双打搭档叫走了，和销售组的"双打王"华山论剑。小青也跟着站在了场外，笑眯眯地看着自己先生比赛，拿水递毛巾，和其他同事一起喊加油。

稍事休息，小沈看着小青略带歉疚地说："把你带来玩，也没有陪你，你多没意思。要不你自己也去玩？"

小青还是笑眯眯地说："没有不高兴啊，你平时让着我，都不知道你打得这么好。"然后略顿了一下，俏皮地说，"那……那我去那边玩了，不看着你，省得你有压力。"

等小沈和搭档完胜对手，搭档擦着满头大汗，对小沈说："你快去陪陪弟妹，刚来就把你拽来，弟妹该不高兴了。"小沈腼腆笑笑："她没事。"

他抬头满场找小青，一眼看见穿着红运动服的她，在边上的乒乓球桌旁，和一个女同事打得正热闹。等到小青告一段落，两人拉着手一起去三楼休息了。

刚走到二楼，就听见一对夫妻在吵架。

女："你说好陪我来打保龄球的，自己跑去打篮球，连理我都不理我！"

男："我看见同事叫我，不是不好意思吗。我这不过半小时，就来找你了。"

女："什么半小时，我站得腿都酸了。我一个人也不认识，你让我干等你，合适吗？"

男："那我现在不是不管他们了吗……"

话还没说完，男的看见小沈两个人，不好意思地点点头，那女的背对着楼梯口，还在絮絮地说着不满的话。小沈夫妻两人也同样不好意思地从他们身边走过去。

傍晚回家的时候，小沈轻轻搂着妻子的肩膀说："亲爱的，你真好。这么懂事，有你真好。"小青笑得一脸灿烂："我玩得也挺高兴啊，你的同事们都很好。"

两对小夫妻的段位高下，一眼就能分辨。因为在人群中，拉开了彼此的距离，两个人关系的质量，反而能更好地体现出来。只从自己的角度出发，希望对方围着自己转，两个人都找不到舒服的位置关系。

在一群人相处中，互相照顾，又能各自独立；能顾及对方的感受，不让对方感到压力，不让对方没面子；同时又能照顾好自己，不觉得自己受了委屈。这样的两个人，定能成为欢喜鸳鸯。

那如果两个人甜甜蜜蜜，秀恩爱就更好了？

有一次野营，几对小夫妻、恋人以及一堆朋友，开车来到郊野公园。搭帐篷的搭帐篷，拿水果的拿水果，搬东西的搬东西，拴吊床的拴吊床，烤肉的煽风。大家忙得不亦乐乎。

其中有一对儿，始终腻腻乎乎地黏在一起，时不时地相视一笑，一个拿起一只苹果，另一个凑上去作势咬苹果，却突然亲在对方脸上。

总之这样的小动作，分分钟虐死单身狗的节奏。有人叫搭把手，听不见；有人说递个工具，找不到；还有时当不当正不正，恰巧挡在路中间不自知。

大家无奈地瞪着眼睛，一个看不下去的白羊座同伴终于开了口："唉，你们俩，帐篷搭好了，里面清静，没看到大家都在忙，别在我们眼前秀了好吧。"两个人闹了一个大红脸。这次集体活动没多久，就听说这分分钟虐死狗的一对，吵得天翻地覆，没有了下文。

集体活动中，不能适时地融入环境，与身边人和睦相处，其实就是自私，不能照顾旁人感受，即使两个人相处起来，也不可能融洽和睦有高质量的关系，更不用说高质量的婚姻了。

其实在一大堆人中，最能检验两个人的默契；在一大堆人中，不感到彼此忽略，不因为对方冷淡而委屈，舒服地找到彼此的位置，是高质量的婚姻不可或缺的特点。

02 能独处

再热闹的聚会，终究有散场的时候。独处才是婚姻中最常见的功课。

我能想到最浪漫的事情，就是这样和你一起慢慢变老：在同一屋檐下，茶余饭后一起看电视、看电影，不时会心地一笑，投向彼此的目光中荡漾着柔情蜜意；即使各做各的事情也有滋有味，做家务时走动的脚步、伏案读书时的叹息、工作敲击键盘的声音，都让我感受到你的存在，是让我心安的力量。

如果一个家里留不住，常年往外跑；一个看见对方就烦，说两句话就好像吃枪药一般。这样的夫妻，怎能好好地相处？

同事小米曾给我讲，一次她去婆家经历的尴尬：

每次带着孩子去婆婆家，我都会提前打招呼。那次带孩子上少年宫，临时停课，想着反正闲着，离奶奶家又近，就带孩子过去了。

正好是夏天，刚上四楼楼口，就听到六楼传来激烈的争吵声音。"好像是奶奶和爷爷吵架。"宝宝这样说。我尴尬在那里，不知道怎么好。

后来，我告诉宝宝没有带礼物，下楼买了水果，给婆婆打了电话，才又过去。这次，公公给宝宝切冰镇西瓜，婆婆去厨房张罗饭，一派忙碌平和，完全没有刚才听到的"战场"的声音。我老公说他爸妈总吵架，但是只要他在家，就不吵了。以前是都围着我老公转，后来有了宝宝，就围着宝宝转。如果婆婆还唠叨，公公就说一句："孩子在这里，你还闹什么。"唉，真不知道，这两口子是怎么过的一辈子！

明明家庭中最核心、最重要的是夫妻二人的关系，不能调整两个人的亲疏远近，只把目光都投向孩子。

把日子过成为了孩子而活、围绕孩子唱二人转的态势，活到老两个人都学不会好好地独处。这样的家庭氛围，能孕育高质量的婚姻关系，才真是奇迹。

老高结婚的时候，我们去喝喜酒，揶揄老高"老牛吃嫩草"，因为新娘整整小老高18岁。后来两人的日子过得有滋有味，顺风顺水。

几年后聚会，老高酒后吐真言：

我知道当年大家好心劝我，说她太小，怕日子过不到一块儿去。可是，你们知道吗？我们俩在一块儿，看电视喝茶聊天，一不小心一下午、一晚上就过去了，都不知道怎么过的。

说话，特别能说到一块儿去，我当时就觉得，行，就得是她了。到现在，还是两人在一起，从来不觉得腻，总觉得有话说。

能说到一块儿去，总觉得有话说，这就是舒服的夫妻关系最平常的表现。

说起来简单，做起来麻烦。其中包括了若干不可或缺的要素：愿意说、愿意听、有话题、三观同，有这样一个生活伴侣，波澜不惊地度过一生，何尝不是一种平淡的福气。

03 有好的沟通模式

闺密苦着一张脸坐在我对面，说："我无论说什么，他都不接我的茬儿。你说你这不理不睬算是哪道？我看他也是成心找不痛快，自己该吃吃，该喝喝，就在你旁边，连看你一眼都不看！"

我说："那……那你也别理他，也当他不存在。你也爱干吗干吗，打扮漂亮了，出来玩，买买买，高兴了再回去。"

"你说得容易，他也不理我，我也不理他，那然后呢？"

"那就是各过各的，最后跟没有这个人一样呗。"

"那不就离婚了？"说完，闺密也被我气乐了。

柴米油盐的生活，怎能没有矛盾争端？有了矛盾，说出来，才能想办法解决。

就好像闺密说的，有本事大大方方地吵一架、就事论事地吵一架，绝对好过都闷在肚子里，不理不说，各怀委屈。

闷在肚子里，不闻不问、不说不听，婚姻中的冷暴力，伤人于无形，毒过鹤顶红。人冷着冷着，心就跟着冷了，两个人的关系也就再也热不起来了。

要不一句"你自己好好想想吧"就摔门走人，留下另一个哭倒在门里。这样的家庭冷暴力，是最残忍的相处。每次冷却一点当年的热情，两个人有多少温度经得住这样常年的冷却？

但有一种争吵，说起来更要命。

甲：你总是……

乙：我哪有……你才是……

甲：你就是……去年（上次、以前等等等等）你都是……

这样吵架，用不着两三个回合，就把对方陈芝麻烂谷子的老底儿都翻出来，从吵架升级为批斗大会、互相揭底儿、人身攻击。这样的吵法，每次都让人有立刻奔民政局离婚的冲动，绝对于事无补。

友好的沟通模式，就是有话好好说。不能用沉默代替沟通，不能用冷暴力解决问题，就事论事地吵架。这是家庭中解决矛盾的基本原则。

另一个朋友的先生常年在外跑生意，她自己在家照顾老人孩子，还要上班，无论多辛苦，她的嘴边都带着幸福的笑容。

她曾这样说：

　　无论他工作多忙，每过一段时间，都会有那么几天，他留在家里帮我做做家务，陪我说说话。这一段的心路历程，经历的困难，他都细细地讲给我听。这时，我就只管做一个好听众。每次交流之后，我们的感情就好像又一次充满电一样；然后不天天见面，心也觉得离得很近。

　　生活哪里有一成不变、百试不爽的套路与技巧？人的性格迥异，经历不同，适用于别人的方式，未必适用于你。

　　聪明的人能在日久年深的平淡中体会点点滴滴的差异，修炼出最适合的弧度，成全婚姻中的彼此。

　　岁月是一坛醴酒，高质量的婚姻就是日久弥香的气息；时间是一只河蚌，幸福的夫妻就是沙粒磨就的珍珠。香甜封在坛中，光芒掩在壳中，如人饮水，冷暖自知，安宁与淡然，温柔了岁月，抚慰了心灵。

　　愿这些来源于生活的小故事，能够帮你领悟婚姻的简单相处；希望每一个人，都能在婚姻这没有下课的课堂中，细细体会，慢慢寻觅到属于自己的幸福。

嫁得好的女人都长什么样子

文 / 萧萧依凡

01

关于女人"干得好"和"嫁得好"哪个更重要，一直是大家争论不休的问题。实际上，这本身就是一个伪命题。"嫁得好"终究是一件给人生加分的事情。

但是，对女人而言，究竟怎样才算嫁得好？

朋友A说，可以通过她的衣着来做出判断。衣着是否得体，搭配是否够细致，都能反映出现有家庭给予这个女人的呵护。那些嫁得不好的女人，为家庭所累，必然无心思自我装扮。

朋友B说，A的观点有一定的道理，但是太过片面，太偏重物质。气色和神情才是最重要的判断依据。一个女人衣着再精致，长期面容枯槁、神色黯然，她必然缺少一个男人的宠爱。

朋友B的观点得到了大家的认可。朋友C更是在B的观点基础上自信百倍地说，即使是全然陌生的已婚女士，只要跟对方进行一次简短的谈话，她就能准确无误地做出判断，对方是否嫁得好。

朋友C的说法，立即勾起了大家的好奇心。C笑笑说，这并不高深。一个婚后依然保持着少女般天真和明亮的人，她一定嫁得好。一次简短的交谈，则足以能看出这一位女性的精神世界。

对于C的说法，我深以为然。杨澜曾说过："干得好，是安全与独立，嫁得好是幸福感。"在婚后，依然保持着少女般的简单，带着些许天真以及对生活一如既往的热爱，这样的人必然是嫁得好的，因为她内心时刻充盈着满满的幸福感。

她身后一定有一个对她呵护有加，有担当，能为她撑起一片纯净天地的男人。这个男人不一定给了她丰厚的物质条件，但是一定给了她极其饱满的精神世界。

02

我想起朋友木子，她就是一个嫁得如此好的女子。

木子很漂亮，貌美肤白。而她老公则其貌不扬，个子跟木子差不多高。和老公一起出现时，木子从来都只穿平跟鞋。她老公的家境连普通都称不上，他家里兄弟姐妹多，自小吃苦长大的。

木子结婚时，婚礼极其简单，能省的不能省的全都省了。木子的亲人和朋友，多少都有点替她惋惜。木子说，她是由同学介绍认识的老公，说不上来爱他哪里，可是不管遇到多艰难的事情，只要有他在身边，心里就会立刻镇定下来，不再慌张。

婚姻最开始，生活拮据，木子吃了很多苦。她和老公租住的小阁楼是一个冬冷夏热的地方，潮湿而阴暗。两个人的收入也并不稳定。即便是在这样睁开眼就为生计奔波的日子里，木子都不曾显出黯然和忧心。她总是一副幸福而天真的少女模样。

与人聊天时，别人讲不开心的事情，她的眉头会微微蹙起，脸上写满心疼；别人分享快乐，她会咧开嘴，跟着欢天喜地的，满眼都是明亮的神色。听到自己从未听过的事情，她会瞪大眼睛，认真地发出惊奇的声音。

对于窘境，她那坦然自若的神气，似乎都在告诉你，这只是一段生活体验而已。就连她去买菜，跟菜贩子讨价还价时，都带着自信又天真的神气。

一般的家庭女性去买菜，习惯用尖酸的语气打击菜贩子："哟，就你这青菜，还三块五一斤呢？菜叶子都蔫儿了。便宜一点卖了算了，到明天更没人要了。"

而木子则是一种商量的语气："天都这么晚了，你家人肯定等着你回家吃饭呢。你便宜点，我多买些，你也能早点回家。你说这样多好嘛。"

吴侬软语总是让人心里暖暖的。一旦菜贩子松了口，木子总是欢天喜地地感谢对方："你人真好。以后我都在你家买菜哦。"

03

在这个推崇女人要强势的社会里，这样的木子似乎显得过于柔弱。可是，私底下，大家对木子是羡慕的。在纷繁复杂的社会中，她的内心依然能葆有这份纯真，特立独行，这是一种怎样的幸福。

木子的老公后来自己创业，仅仅几年的时间，就摆脱了以前的艰苦日子。时光一晃，再见到木子时，她已是住着别墅、开着豪车的老板娘。可是她依然带着那份纯真，从未见过她对员工颐指气使。

她曾在微信群里晒过旧照。彼时，她初婚，在破旧无光的阁楼里，笑容甜美，带着自信的神气，就像能够预知日后所有的一切那般。许多年过去了，她脸上那抹笑容，没有丝毫变化，依然带着少女般的清新。

那是一种坦然自信，热爱生活，对人不设防的微笑。这样的笑容，能够让人始终相信高尔基的那句话："婚姻是两个人精神的结合，目的就是要共同克服人世的一切艰难、困苦。"

前一段时间，朋友小聚，有人出了一条谜语调侃女性：《太阳的后裔》打一歌名。大家百思不得其解，现场有了短暂的安静。

几分钟后，木子的老公摸了摸她的头，爱怜地说："你这个傻瓜，答案就是'可惜不是你'啊。嫁给国民老公，你是没机会了，好好做我一辈子的公主吧！"已是孩子妈的木子，俨然一副少女初恋时的甜蜜模样。

时光似乎轻巧地掠过了木子。她的眼神一如当年那么清澈。虽然，她的眼角眉梢也和所有人一样，有细纹悄悄侵袭。但是，婚姻让她葆有着不一样的风采和勃勃生机。而这样的神采绝不是物质可以堆砌出来的。

04

《红楼梦》中，贾宝玉对"女人三变"曾做出过这样生动的概括："女孩儿未出嫁，是颗无价之宝珠；出了嫁，不知怎么就变出许多不好的毛病来，虽是颗珠子，却没有光彩宝色，是颗死珠了；再老了，更变的不是珠子，竟是鱼眼睛了。"

他又感叹："奇怪，奇怪，怎么这些人只一嫁了汉子，染了男人的气味，就这样混账起来，比男人更可杀了！"

那些嫁得不好的女人，即使有再强大的内心，神色也会在婚姻中迅速憔悴，不见了少女般的纯真和生动，渐渐变成"鱼眼睛"，混账起来。随着时光的流逝，这样的女人脸上终会写满斤斤计较，市侩无趣。

而那些嫁得好的女人，她身后的那个男人，为她撑起了一片纯净的晴空，她不会被生活的烟火气息熏得失去了原本的模样，能够始终保持女孩儿的"宝珠"之色彩。

这样的女人，并不是不食人间烟火，而是能在袅袅升起的炊烟中怀着对生活超凡脱俗的爱恋。在柴米油盐中，她不会变得尖酸刻薄、工于心计，不会时刻怀着高度的戒备。在物质匮乏时，她在爱人的臂弯下，会对现在怀着淡然，对未来怀着笃定。在生活优渥时，她不会居高临下，对别人依然保持平等的真诚。

一个女人嫁得好与不好，与物质并无直接关系。那些嫁入豪门的女星，日夜焦虑，不是提防被扫地出门，就是提防被"小三"挖了墙脚。这样的婚姻，何来嫁得好一说。生活优渥，也就不过是一个自欺欺人的安慰而已。

女人选择婚姻时，一定要嫁给那个能让自己安然入睡，不会辗转难眠的人。这个人能够在风雨来时，在你的内心为你撑起一片晴空，让你怀着一份持久而有力量的稚气，坚信未来必会艳阳高照。而在艳阳高照时，你不会担心他转身离开，倏然不见了踪影。

那些让女人迅速变成鱼眼睛的，从来不是时光，而是一段黯然神伤的婚姻。真正被婚姻富养的女人，无论何时都是闪闪发光的宝珠。

这辈子，遇到一个对的人有多难？

文 / 文 浅

01

在茫茫人海中，找到适合自己的人有多难？

每到过年，七大姑八大姨就会对任何看似可以结婚的人问：有对象了吗？结婚了吗？有孩子了吗？什么时候要第二个孩子？

这时你只能娇羞一笑，回答正在找，然后默默聊几句就说回房间了。

后来想想，二十几岁的人，没有对象好像很奇怪。如果快30岁了，没有结婚，那么大家看你的眼神，估计跟看动物园里的猴子差不多。

那么，为什么你还没有对象呢？人到了年龄就应该有对象吗？

其实，不要急，在没有遇到对的人之前，先遇到对的自己。

有一次偶然的机会，看《鲁豫有约》，被采访的人是霍建华，当谈论到婚姻问题时，霍建华和鲁豫有一个关于人是不是就应该结婚的问题。

鲁豫有一段话好像是这样说的：

两个人一起生活是一种方式，一个人生活也是一种方式。并不是两个人的生活就比一个人好，也不是一个人的生活就比两个人好，不是谁比谁好的问题，我一直觉得并不是每个人都适合婚姻。

我对这个说法印象挺深的，因为很少听到这种观点。我从小到大所接受的说法都是：你未来一定会结婚，就像你总有一天会死一样的肯定。就像大部分的父母都曾设想过孩子未来的人生轨迹，做什么工作，留在什么城市，什么时候结婚，什么时候要孩子。后来我们慢慢在这样的一个环境中接受了外界的思想，到了该结婚的年龄，就去结婚了。

其实，你也会发现，虽然你身边还没有另一半，但是你每天照样可以美美地出门；照样用自己的能力把自己养得很好；照样可以发展自己的兴趣，为自己的爱好花时间；照样去旅行，去看世界；然后在一段最好的时间里，关注了自己，为自己做了投资，为自己那么认真地活了一段时间。然后你就可以更加光彩照人地遇到了想遇到的人。

所以，在没有遇到对的人之前，先要遇到对的自己。

02

遇到了人，但是你确定你身边的人就是你想要的人了吗？

如果感情就是柴米油盐的寡淡，或者房子、车子、票子的框架，那么也许那还不是你所期望的那个对的人。

什么是对的人？我想人生没有走到最后一刻，我们甚至都不敢说陪着我们的人就是对的人，因为这个世界上有两万个人适合做你的伴侣，感情从来不是一一对应，非你不可。茫茫人海中，适合你的两万个人中，先遇到谁，那个人也许就是你命中注定的。

感情无法"启动"或者"升温"，除了一些客观因素之外，最大的一个原因就是不合适，什么是不合适？

难道不合适就是你喜欢吃苹果，我喜欢吃梨；你吃鱼喜欢清蒸，我喜欢红烧的区别吗？

并不是。虽然我认识的人里面真的有人，因为你吃的菜里面加芹菜，所以我不会喜欢你这种说法。不懂是玩笑还是真实，因为生活方式的区别而不能在一起的人还是比较少。

那么什么是不合适呢？

不合适就是我想做在天空翱翔的老鹰，但你却只是想成为有一方树木的麻雀。

想的东西都不一样，在一起生活有多辛苦。

友人告诉我她拒绝了一个男生，那个男生工作不错，收入挺高，年龄合适，人也幽默。我也是大为吃惊，说你为什么不要呢？

她说不合适。

你怎么知道不合适呢？都没在一起过怎么就知道不合适呢？

她说她问了他几个问题就知道了。

问什么了？

平时喜欢看什么书？除了工作，还有什么爱好？未来10年有没有什么特别想做的事？

男生回答的是，喜欢看的书是《故事会》，未来的规划是努力工作，赶快赚钱，娶老婆，然后让父母过上好日子。

没有人会觉得这不是个努力、有责任、有担当的男性的样子，但是跟友人就是不在一个频道上。

友人说她喜欢看余华、路遥、东野圭吾著的书，她想做的事情是成为自己喜欢的人，并且她晒出了她未来10年的七条人生清单，其中包括出书，游学，骑行，等等。

果然，这就是不合适吧。

这种对比不是比谁高谁低，不是凸显友人有多么高雅，那个男生多么普通。这只是能看出他们对想要过的生活的不同把握与见解。而这种关系到人生方向和价值观层面的想法，切实影响到两个人能不能在一起以及在一起的人能不能长久地走下去。

什么是合适？就是我想去旅行，发现两个人喜欢的地方居然是一样的目的地；就像我看了一本书，跟你说见解，你不仅也看过，还能头头是道，说出我没看懂的地方；就像我在街上喝酒喝得酩酊大醉，张嘴就天地万物胡说一通，你不仅不会觉得这个女孩邋遢泼辣，反而觉得她真实可爱。

适合就是你一个眼神，我懂你，并且我愿意陪你疯下去。

03

你发现一个人是你适合的人，你就应该结婚吗？

在我看来，婚姻和恋爱就是两回事，婚姻是对一个人后半生的赌注，赌得好的，就是人生大赢家，但是一旦失败，就会活在无穷无尽的痛苦之中。

不是每个人都赌得赢，所以结婚之前一定要想清楚。我曾看到或听到非常多的人在婚姻中不快乐，但是既没有勇气在众目睽睽之下跳出这个牢笼，又因为责任、义务和下一代，让自己的一生都活在委屈和将就之中。

我曾经崇尚过父辈的婚姻，家境相仿，媒妁之言，结婚生子，平淡一辈子。但是谁就敢说这样不好，也许在他们的婚姻里从没有过爱情，甚至一辈子不知道爱情是什么，但是他们从抓住对方双手的时候开始，就从来没有想过会放开。从在一起的那个时候开始就变成了亲人，一辈子相伴左右，互相扶持，白头终老。

看着垂垂老矣的老人在散步时，他们手牵着手的样子，不管这里面是不是存在爱情，但这就是最好的幸福，最美的婚姻。

友人的姐姐曾经有过这样一段婚姻，跟前男友赌气，后来跟现男友在一起，没有几个月的时间，她就发现自己怀孕了，有了现男友的孩子。发现小生命的无辜和出于心底的善良，她没有打掉孩子。但是她的家庭绝对不会让她过未婚先孕的生活，更受不了社会外界像利剑一样的流言蜚语，就在这样的压力之下，她与认识还没有6个月的男友结婚了，在婚后也马上就生下了孩子。

一个20岁出头的姑娘，她原本也该有自己的事业和生活，但是过早的婚姻和孩子，让她只能成为一个家庭主妇。

没有经济收入的她，所有的支出只能来源于她的丈夫，但是男方也不过是因为家庭的催促而早早结婚，没有感情基础和共同语言的两人在婚后马上就爆发出巨大的矛盾，争吵、冲突连连出现，甚至男方曾断了女方的经济供给，而这钱要照顾的其实也是他的孩子。

孩子成了女方唯一生活下去的寄托，在这场婚姻里，她伤痕累累，但是还是不敢离婚。因为，她怕，她怕外界更多的流言蜚语；她怕家人的指责和猜疑；她更怕孩子未来会没有爸爸，甚至离开了男方，她没有经济能力照顾孩子。

婚姻，不应该是一辈子的委曲求全。

也许这只是个例，但是结婚真得考虑清楚。你选择的不仅是一个人，还是一个家庭，一种跟你的曾经完全不一样的生活。

04

如果你是女性，我希望你在结婚之前，最好能做到以下几点：

第一，不要闪婚。

花时间去了解一个人、一个家庭，在决定你们之间是否合适之前，不要轻易披上你的婚纱，也不要因绚烂的钻石和夺目的玫瑰丧失了判断力。婚姻不是买西瓜，敲一敲就可以买了，婚姻是一辈子的事，它需要花时间去考验、去沉淀。我们需要花时间去找一个自己喜欢的人，然后花时间确定这辈子就是他了。

第二，在结婚前，最好能保证自己可以养活自己。

永远不要做那个只会依附男人的女人，娇滴滴的小公主也许会一时引起男人的怜爱，但是没有人会喜欢一直在你身后向你要钱的黄脸婆。当一个女人自己活得很漂亮的时候，一直保持着独立的时候，那么她对男性的魅力也将是持久的。

第三，不要忘记第一条和第二条。

如果你是男性，我希望你可以做到以下几点：

第一，有责任感，照顾你的女人。

第二，有责任感，照顾你的孩子。

第三，有责任感，守住一个家。

很多电视剧完美的大结局都是男主角和女主角结婚了，但是对于生活而言，结婚往往是故事的开始，而并不是结束。

一辈子很长，长到可以看到无数次的日出日落，长到可以有时间看你的头发从乌黑变成花白。所以这一辈子太重要了，重要到我会用尽全部的力气去找到那个可以牵着我的手不会放开的人。

这个对的人很难找。

但是，我会在绚丽的春天，为自己梳妆打扮；在明亮的夏天，进行一场爱的冒险；在金黄的秋天，收获自己爱的果实。

请你一定要让自己变成最好的自己，然后去遇到你生命中那个对的人，那个你的命中注定的人。

有趣，才是婚姻的春药

文 / 代连华

婚姻生活不可能把每个人都打造成段子手，但每个人却可以把婚姻生活过得有趣些。

01

汤同学过生日，和朋友们出去聚餐，各自都带家属，吃吃喝喝很开心。

有位朋友酒喝多了，说起话来直跑偏，脏字不停地往外蹦。他妻子坐在旁边很不好意思，于是悄悄对他说："别喝了，再喝就出丑了。"结果，那位朋友突然大喊一声："你敢管我？"

酒桌上瞬间鸦雀无声，所有人面面相觑，场面顿时尴尬。

我预感一场唇枪舌剑将在酒桌上上演。结果，那位朋友的妻子竟然笑眯眯地说了一句："臣妾不敢。"

于是，我的剧情跑偏了。

短暂的蒙圈状态之后，我们集体大笑，而那位酒后失态的朋友也清醒过来，他迅速抓起妻子的手吻了一下说："赦你无罪。"

趁着去洗手间的当儿，我和那位妻子聊起来。

"换作是我，早和我家汤同学翻脸了，哪里会风平浪静，你太有趣了。"我羡慕地说。

那位妻子笑着说："夫妻之间哪能事事较真，又不是什么原则性错误，一口锅里搅马勺，磕磕碰碰很正常，说说笑笑就过去了。何必搞得那么紧张，有趣才有意思。"

仔细想想也是，婚姻里最可怕的事情也许不是穷和富，不是争执和理论，而是无趣、平淡、乏味。两个人过着过着心就散了，婚姻失去了应有的和谐与快乐，后果真的很严重。

而有趣会让婚姻不再无聊、不再平淡，婚姻生活每天花样频出，简直爽极了。

02

能把婚姻过得有趣而又世间闻名的，莫过于哲学家苏格拉底。

一个阳光明媚的日子，苏先生不知什么原因，惹恼了他的小娇妻，哲学家不想和妻子理论而准备躲出去。

可他妻子正在气头上，不肯让他离开家，拉拉扯扯间，先生跑出家门，正得意扬扬往前走，一盆冷水兜头泼下来。

彼时，先生已经是个体面人，如此在大街上被"洗澡"，也是很难堪的事情。但他只是淡定地理理衣衫，说了一句："如果娶到好妻子，你就很幸福；如果娶到悍妻，也无所谓，她能将你变成哲学家。"然后，若无其事地走了。

如果先生也弄盆冷水泼回去呢？画风就是夫妻间开撕。

但先生的幽默与豁达，却把吵架变成了喜剧，幽默了自己和妻子，也让街坊邻居看了一个笑话，枯燥的生活变得很有趣。

世人只知先生有悍妻，却不知娇妻变悍妻的背后，是有个爱她包容她的好丈夫呀。

因为有趣，即使三观不同，年龄有差异，两人却很幸福。当先生被迫喝毒汁时，悍妻哭得梨花带雨，如果没有感情，哪里会如此悲痛伤心呢。

婚姻其实就像两个孩子做游戏，玩得好自然开怀大笑，玩得不好可能就要翻脸，如果哄一哄就有可能继续玩下去，如果不哄可能就会一拍两散。

别把婚姻想得太美好，也别把婚姻想得太可怕。有趣，会让婚姻时时充满新鲜感。

03

有位法国作家对婚姻做了一个极有趣的总结，他说没有冲突的婚姻和没有危机的国家一样，几乎无法想象。

所以，婚姻里有冲突是自然现象，只是如何解决冲突，避免出现更大危机，则是双方智商与情商的大比拼。而有趣常常会化解冲突，确保婚姻的和谐与稳定。

我的闺密小诺，就是一个很有趣的人。

有段时间，小诺因为琐事而把家里弄得狼烟四起，她老公软语劝慰根本不管用，小诺的牛脾气简直要上天。她老公很苦恼，恰好初恋女友加他微信，闲来无事就聊天，结果有点死灰复燃。

一天晚上，小诺躺在床上，手里拿着老公的手机逛淘宝，结果初恋女友发来微信："亲爱的，睡了吗，最近还好吧？"她老公吓蒙圈了，预感世纪大战要爆发。

小诺却调皮地回了微信："亲爱的，正要睡，今天我睡他，你若想睡，得等他翻牌子。"那位初恋女友再也不聊了，还把小诺的老公拉黑了。一场家庭危机，消散于无形之中。

"你的牛脾气呢？应该是张牙舞爪的剧情呀。"我逗小诺。小诺撇嘴："我可没那么蠢，我翻了他们的聊天记录，没删，说明他们也没什么。其次，那段时间我也确实做得不好，我嚷着后悔嫁他，就不许人家暗里后悔娶我吗？有些事情不要想得太复杂，简单透明才有趣。"

婚姻是三分爱加七分宽容，而宽容里就有无限空间。温柔浪漫、吵吵闹闹、含蓄恬淡等，都会出现在婚姻里，与其浪费时间精力纠缠于对错，不如开心快乐些，以有趣之心，对待无趣之事，那么每一天都是阳光灿烂的。

04

我有个土豪朋友，讲过一个关于他自己的故事。那时，他开一家公司，生意红红火火。后来因为错误投资，不仅倾家荡产，还欠下贷款。急火攻心，他就病倒了，只能卧在床上，心情糟透了。

妻子每天上班送孩子，下班接孩子，不仅没有怨言，还会不时逗他开心。

他耍脾气，把手边的东西乱扔一地，妻子会惊呼："儿子，你爸爸好可爱，返老还童了，和你小时候一样爱扔东西呢。"他无语。

他不吃饭，赌气绝食。妻子摸摸他的头说："乖，想吃什么就说，我好出去给你觅食。"他破涕为笑。

他心疼妻子劳累，妻子却笑着说，以前是你负责养家，我负责貌美如花。现在是我负责养家，而你只需种菜养花。

他说，妻子是个有趣的女人，虽然心里也苦，却从来不表露出来。黯淡无光的日子，因为妻子的风趣幽默，他终于挺过来并重新创业。

因为有趣，不堪的生活也变得活色生香。

因为有趣，残酷的现实也变得极其温馨。

因为有趣，琐碎的婚姻也变得诗情画意。

05

婚姻生活不可能把每个人都打造成段子手，但每个人却可以把婚姻生活过得有趣些。

一朵玫瑰花，只有几块钱，却可以让身陷柴米油盐中的妻子开心不已。

一顿久违了的烛光晚餐，有可能找回恋爱时的感觉，给沉闷的婚姻注入新鲜气息。

晨起出门时的一个拥抱，晚上归来后的一个吻，就有可能让打拼的男人卸下满身疲惫。

多一些宽容，少一些计较，多一些恩爱，少一些抱怨。在鸡毛蒜皮的琐碎里，捕捉一些美好，在奔波劳累之中，保持最初的浪漫情怀。

想要拥有有趣的婚姻，首先要做一个有趣的人。

婚姻的真相是，不要期望你的男人是踏着五彩祥云的英雄，英雄也有落魄时；也不要期望你的妻子是美丽善良的小天使，天使也有可能飞不起来。

放弃对彼此尽善尽美的要求，而要用心培养彼此的耐性、包容、幽默感，以及对生活的热爱，从而对婚姻里的一切未知充满了希望。只有这样，才不会在各种琐事面前，变得身心俱疲，才不会在大难临头时，各自飞走。

有趣，才是婚姻的春药，有趣的婚姻才能更长久。

保持适度的饥饿感，
变成更好的自己

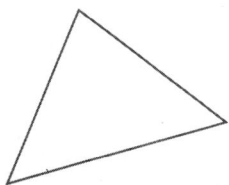

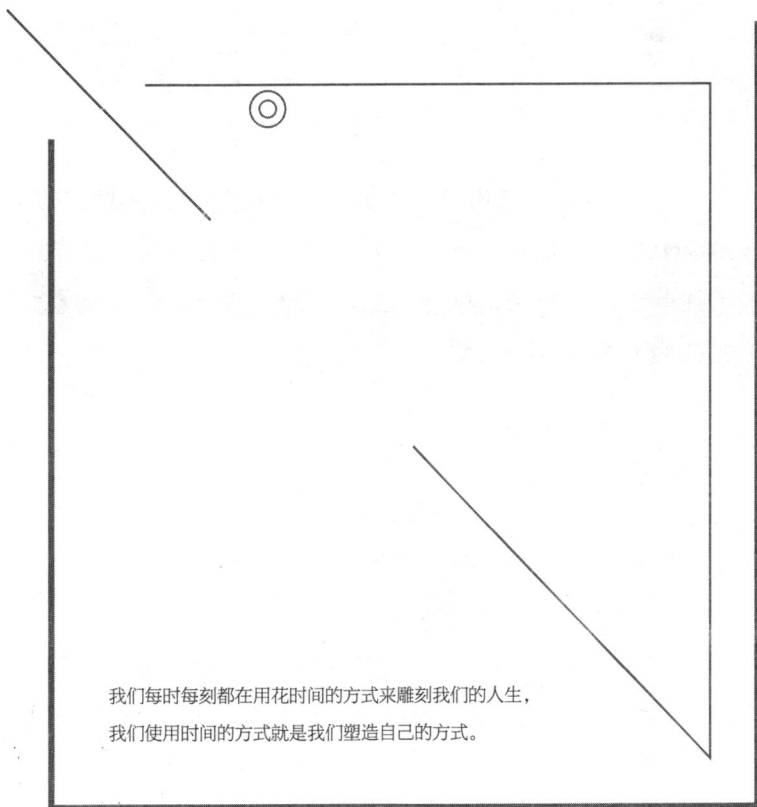

我们每时每刻都在用花时间的方式来雕刻我们的人生，
我们使用时间的方式就是我们塑造自己的方式。

你的时间投资到哪里，你就收获什么

文 / 木 木

我们每时每刻都在用花时间的方式来雕刻我们的人生，我们使用时间的方式就是我们塑造自己的方式。你是否想成为更好的自己，你手中握着的时间就是你的刻刀和工具。你的时间投资到哪里，你就将在哪片土壤中去收获你的果实。

01

人生原本就是一场沉淀与积累的过程。

我们所有的努力和认知，都是一次次片段的叠加，而我们的这一生，就是一个个片段叠加的总和。

我相信，很多的时候，大多数的人都有梦想，有理想，都知道自己在做什么，也明白自己想要什么，同样也清楚可以如何去获得自己想要的东西。

可是我们还是不会去做，为什么？

因为自己狠不下这个心，吃不来这个苦，受不了那个罪！

小U是我的一个朋友，3年内换了4份工作，每一份工作都做得不开心，诸多抱怨，觉得自己永远都是怀才不遇的千里马，总是被欺负的小猫咪。每次见我都一脸花痴，说：

你的工作为什么那么好，你为什么能碰到好的老板？

你跟你老公现在的状态真叫我羡慕，彼此独立又那么恩爱，不像我们家那个整天混日子的。

你最近写了好多的文章，我都拜读了呢，写得真棒！

你最近又通过了一个很难考的证耶，你怎么那么厉害。

我要是你就好了！

……

刚开始的时候，我还会好好地安慰她，鼓励她通过学习去改变自己，告诉她，你若盛开，清风自来的道理。

她有一段时间也突然打满鸡血般振奋，问我要了好多的书目，并且给自己订了个远大的计划，要通过托福考试！

于是，我偶尔会见她在朋友圈发发自己用某背单词软件打卡的记录，也会看见她摘录一段"有时候，自己不逼自己一把，自己也不知道自己会有多优秀"的"鸡汤"。

然后，一月之后，她的朋友圈里又全是去哪里唱K，去哪里

Shopping，去哪里Happy的照片，以及那些无病呻吟的感慨：
"我到底要过怎样的人生！"

几个月之后，我见她，问及她书看得如何，英语复习得如何？

她眼皮上下一翻："我也在看书，也在复习呢，可是我跟你
说啊，现在在事情真的是太多了，我都没时间！还有啊，现在真
的是年纪大了，一看书就犯困，背过的单词也记不住，唉！真
是不容易。"

我瞬间无语，我用脚指头也能想象出她的那些书估计到现在都
没翻过，准备的英语复习材料早就堆到了案头，背单词的软件估计
很久都没打开过，但是，并不妨碍她的日常生活依然热闹。

**你自己不把自己先变好，你指望谁来改变你，又有谁来施
舍给你你想要的东西？**

我不想告诉她，我比她大5岁，有着繁忙的工作，需要全心陪
伴着一个孩子，即使是每晚把孩子哄睡后，也要用至少两小时来看
书、学习和写文章，我从来没有觉得我自己年纪大。

我不想告诉她，王顺德比她大50多岁，在80岁的高龄还每天坚
持游泳，健身，走T台，拍哑剧，演电影，把自己的80岁活出了精
彩从容。

我不想告诉她，乔治·凯南在漫长的晚年岁月里，写了20本
书，写了大量的散文集，80多岁还骑着自行车在大学校园里乱逛，
80多岁还去驾驶游艇，90多岁还出版了一本畅销书。

02

罗曼·罗兰说过，有的人二三十岁就死了，他们在自己的影子中不断复制自己。

是的，毁掉他们自己的不是时间，而是自己的不成长，不进步，不挑战，最终让我们日复一日地重复自己，熬着自己的时间，瓦解掉自己的意志，并且把自己熬成了一枚"时间的怨妇"。

你永远叫不醒一个装睡的人，因为他自己不想起来。

一个总在睡觉做白日梦的人，怎么可能把白日梦变成真？

一个随时都在宣告自己要背单词、学英语的人，他的单词列表永远背不过A列。

一个每天有空叫嚣自己要逼自己更优秀的人，他永远也不会变成一个更优秀的人。

有时候，与其怨天尤人，还不如好好想一想，我们现在的样子，不正是曾经的我们使用时间这个工具，亲手把自己塑造成这样的吗？

而不久的未来，我们的样子，同样又取决于现在的自己将如何使用时间这个工具，塑造未来的自己。

时间是最公正的资源，是上天公平地赋予众生的，你的时间投资到哪里，你就将在哪片土壤中去收获你的果实。

道理谁都懂，可是真正做到的人却很少。

谁都知道要努力，谁都知道要奋斗，谁都知道只有付出才有收获，可还是会弱弱地说一句："臣妾做不到啊！"

是的，这个过程确实是太苦了，而且枯燥。

啃个大部头的专业书，远没有读网络小说那般容易。

在万籁俱寂的夜晚独自阅读码字，当然不如追个剧来得容易。

听个TED演讲，看个优质的国外课程，当然不如看个《快乐大本营》那般轻松快乐。

背单词的时间，哪有刷微信朋友圈的时间那么有趣。

03

所以，即使我们明白那么多道理，可还是过不好这一生。

一、太多的人在对外部环境的抱怨中麻醉自己

当下，很多人在抱怨：

我本来是应该去创业的，可是现在宏观经济这么低迷；

我本来是要去看书学习的，可是我即使学完，我也竞争不过那些有钱有资源，可以拼爹的富二代；

我本来是要去写文章的，可是现在有2500万个公众订阅号，我再怎么写，也不拼不过那些大咖，再怎么努力也不会出头；

我本来……

是的，实体经济在低迷，网络红利也已经过去，中国的雾霾又加剧了，甚至连林丹也出轨了，何洁也离婚了……

可是请问，这个世界上有多少人能够以自身之力量改变这个世界？我们能改变的永远只有我们自己。

王宝强的离婚官司怎么断？罗尔的捐款动向如何？何洁和赫子铭离婚后房产如何分？

请问，这跟你有半毛钱关系吗？

人家好歹饿死的骆驼比马大，在你还为了自己每个月的房贷如何完成而犯难的时候，在你还啃着方便面，看着外面的世界一片混沌，保持着自己吃瓜群众的孤芳自赏的时候，你可知人家早已经拥有好几套房产，到处置业，早已经吃穿不愁！

并且，你要相信，在这个世界上有很多的人，他们永远都只考虑这几个问题："我现在有待解决的问题是什么？我正在尝试的办法是什么？我要如何来改变我自己？"

宏观的世界是我们必须接受的，而微观的自我才是我们能够改变的。

二、所有在与时间竞争的人，都是你的竞争对手

这个世界最残忍的事情就是，比你优秀的人，却比你更努力。

这个世界上，所有在与时间竞争的人，都是你的竞争对手，因为他们抢夺的是你未来的资源。

当你在刷无聊电视剧的时候，有人在博览群书；

当你在对着朋友圈呵呵傻笑的时候，有人在为学习一门新的技

能而挑灯夜读；

当你在无用的人际交往中挥洒大把光阴的时候，有人在健身房里挥汗如雨；

当你在梦中喃喃自语的时候，有人已经拉开了新一天的帷幕。

我们总是在抱怨自己没有时间，自己的时间不够用。我却真真见过很多高效时间的利用者，他们有着非常高薪并且繁忙的工作，可他们还开着专栏，写着文章，经常去旅行，并且从未缺席过孩子的成长。

我们每时每刻都在用花时间的方式来雕刻我们的人生，我们使用时间的方式就是我们塑造自己的方式。

你是否想成为更好的自己，你手中握着的时间就是你的刻刀和工具。

三、过自律的生活永远比过轻松随意的生活更苦

我相信，敢于对自己狠的人，都不会太差。

我也相信，一个真正自律的人，是不会觉得自己的生活方式是苦的。

一个随时随处"葛优瘫"的人，永远无法体会，一个时时处处要求自己"坐如钟，站如松"的人的体面；

一个家中卫生乱糟糟的人，永远无法理解，一个时时整洁温馨的家所拥有的生活品质；

一个从不读书的人，永远也无法知道，一个每天坚持读书记笔

记的人内心的充盈和富足；

一个从不运动的人，永远也不会明白，一个在运动中畅快淋漓的人的激情和热血。

对自律过程觉得苦的人，其实是那些没有动力去做些改变的人，他们永远觉得自律太苦，轻松的生活更随意。

也因此，社会有了那么多的不同层次的人。

四、难以跳出舒适区，放弃自我的成长

太多的人，30岁就死了，80岁才埋，后面50年活得没价值。

蔡康永曾经写过一段话：

15岁觉得游泳难，放弃游泳，到18岁遇到一个喜欢的人约你去游泳，你只好说"我不会耶"。

18岁觉得英语难，放弃英语，28岁出现一个很棒但要会英语的工作，你只好说"我不会耶"。

人生的前期越嫌麻烦，越懒得学，后来就越可能错过让你动心的人和事，错过新的风景。

我们的人性就是教给我们：趋易避难，所以，在正常的状态下，我们都会选择容易的，而避开困难的。

因此，我们太难摆脱自己建立起来的舒适状态，在自己建立起来的舒适围城中，我们满足于此，享受其中，并且对它无比依赖。

困在安于现状的懒惰里，困于自己难以改变的勇气中，一方面对自己的软弱和摇摆深恶痛绝，另一方面又欲罢不能。

人生原本就是一场沉淀与积累的过程。我们所有的努力和认知，都是一次次片段的叠加，而我们的这一生，就是一个个片段叠加的总和。

我们通过努力，让我们成为更好的自己，等到我们回首这一生的时候，我们会对自己说：我这一生过得挺好的。

你是女孩子，就更要去努力

文 / 杨熹文

　　我第一次见到他时，自己还是难民一般的角色，在奥克兰的咖啡馆端盘子抹桌子，就是我赖以生存的收入。他是老板的中国朋友，常在手里拿着LV的钱夹，穿着有Gucci标志的鞋子，整个人又黑又瘦，佝偻着腰，让昂贵的装束显得像假的一样。

　　我之所以记得他，不是因为什么浪漫的理由，而是每一次他在咖啡馆，都是一副傲慢的姿态。他总是拉过一张椅子坐下来，跷起腿，点好烟，叫人来点餐的时候不说"Excuse me"，而是一句"喂"，连正眼也不肯给一个尽心的服务生，眼睛里全是蛮横的痕迹，偶尔还要抱怨："喂喂喂，你怎么这么蠢？"或者上下打量着女服务生的身材，眼睛里是轻佻的意味。

　　听人说他是个大老板，在非洲做过生意，赚了很多很多钱，在新西兰有各种各样的产业。我把这当成耳旁风，却把那一系列傲慢的动作记得清楚。那些年真是苦，从象牙塔里的文艺女青年到单打独斗的女战士，连个过渡都没给自己，一个人在最艰难的时候，是非常记仇的，尤其自尊这件事，它变得超乎寻常的重要。

我后来的日子并不平顺，物质方面处处缺失，精神方面也颇为可怜，一个去远方孤身闯荡的女孩总要付出极大的代价，那一年我大学毕业，抛弃了一份前程尚好的工作，我无法和家人讲诉自己正在经历的辛苦，谁能理解一个人会用十几年读书筑起来的知识分子的自尊，在南半球的社会底层洗着碗，只为去看看世界的另一端？

最可怕的是，除了身体上经受的煎熬，我也对真实的世界失了望。我不断地遇见很多很多这样的"他"，他们是人们口中的"土豪"或者"精英男士"，可以一掷千金却总是吝啬对别人的尊重，滥用着自己的"男性权威"，把女性看待成低一等的生物。在面对一个如他们一样有野心的女人时，他们没有期待，更无欣赏可言。

一个姑娘进入社会闯荡个两三年便会知道，这社会对女孩有一种被宽容的偏见，我的一个女性朋友，在读书时是学霸一样的人物，入职后老板宁愿依据她的酒量涨工资也不愿去考量她的才华，她失望地说："无论你多么虔诚地对待人生，总会有人看轻你的努力。"真可怕，我们那么努力，却输在了性别上。

远行的那一年我实在活得有些狼狈，曾经读过的鸡汤文字不再为自己取暖，奥克兰的气温四季变化并不明显，我常穿着一件洗得褪色的T恤衫，冬日裹在棉衣中，夏日单单一件，我的脚上是一双码大了两个号的新百伦，牛仔裤的破洞越来越大，头发两年没有剪一次，所有关于美丽的东西仿若和我的二十几岁都失去了关联。我后来坐到了商学院的教室中，我学得格外认真，因为那是我跟自己的赌注，我把每一分积蓄都投资到了学费里，希望两年后的自己能成为一个不一样的人。王小波说："那一天我21岁，在我一生的黄金时代。我有好多奢望。我想爱，想吃，还想在一瞬间变成天上半明半暗的云。"我在心里一笔一画地写着，我想有年薪10万纽币的生活，我想步入值得尊重的中产阶级，我想去澳大利亚看看，我想去哥伦比亚大学读严歌苓读过的学位。

然而每次低下头写字的时候，我都能闻到身上中餐馆的油烟味，每日在学校和中餐馆之间穿梭的忙碌，沁进了我的皮肤里。我的同桌是个公子哥儿，他时常皱起眉，毫不客气地告诉我："你真的好像个服务员……"那一年无法与人说，我在中餐馆休息时，常躲在后厨读图书馆借来的书，我无比虔诚地，用十几年供奉一个梦想，我想成为一个作家，有一本纸质书的那种。

和我同租住在一户人家的男生，是个沉迷于游戏的富二代，他大概没有体会过奋斗的经历，一边用言语讽刺我的贫穷，一边色眯眯地暗示着别的什么，他习惯在每天回家后下了自己的宝马车，上下打量着我的破二手车，并不说话，却仿佛在表达"真不明白你们这种姑娘，如果不靠家人，能折腾出什么样的成就"。自尊心强的女孩子总会格外敏感，那眼神从此成为我奋斗的力量。

大概3年的时间里，无论在工作中还是生活里，我都在承受着来自"他"的评价，这似乎也是大众的期待，"你一个女孩子，再多的野心不是还得嫁人吗？若你聪明，你会知道你的美色比才华更重要。"

这曾经令我质疑，像我这样一个普普通通的女孩子，在年轻时独自去漂泊，在全新的环境里奋斗，到底是不是一件好事？难道真如同别人所说，"你都二十多岁了，该想想嫁人的事情，这难道不是你现在该想的正经事吗？"那一年我出国时，仿若背弃了所有爱我的人，赤手空拳地出发，只求不变成一个庸常的女生。

我记得自己到达新西兰的最初，连行李都是"再也不回故乡"的气场，我和一群坐着的背包客女生，亲亲热热地挤在一家客栈里，我们之间开展着关于未来的讨论，拿出三五年时间去远方，有人为了自由，有人为了虚荣，但我们都有着美好的梦想，或衣锦还乡，或追寻自我。

漂泊的过程一定艰辛，结果却各有其曼妙。三五年后再相见的人，早已成为另一番模样，有人的身旁多了孩子，有人让梦想出生，有人拼命挣扎，有人走了捷径。**多余半数的人已经失掉了20岁出头的勇气，很多人抱怨命运的不公，是因为拒绝承认这个世界给予我们成就人生的公式：你是女孩子，就更要去努力。**

5年间，我的人生发生了巨大的改变，我没有走那条"美色大于才华"的路，我开始相信"不服输"的力量，无论你出身怎样，有无人脉，有着怎样的智商，只要为自己的梦想努力，总会有实现的那一天。看起来我们总是比男孩子的成长慢了一点，男孩子靠自己的努力实现目标，总会有人说，"这是个大有前途的小伙子"，女孩子实现了目标，则会有人在背后窃窃私语，"怕是走了什么捷径吧。"

5年前，从奥克兰下飞机的那天，我告别了自己多年苦读的学历和颇有前程的工作，身上只有少部分的生活费，那之后我靠擦桌子缴付了商学院的学费，两年课程期间我在数份工作间周旋，毕业时得到了A的成绩，后来有了好一点的工作，留在了新西兰，利用业余时间写作，直到成为一个全职的青年作家，我的书创下50万册销量的黑马奇迹，而我在这里写下这篇文章，用来鼓舞来时的你。

我始终相信一个听起来不太公平的道理：你是女孩子，所以困难重重，就更要去努力，这是世界的真理，希望无论你在哪里，都能够认真地记得。

抱歉，你的勤奋仅是低水平的表演

文 / 木 木

01

以前我有个下属叫小刘，是个非常努力勤奋的姑娘，我把她招进来的时候，她大学毕业工作两年。

这个姑娘真的非常勤奋。她几乎每天都会加班，还常常背着电脑回去赶我要的文件；她每天在办公室出入，都是一副非常急迫、十万火急的样子。

我们的办公室在二楼，她需要到一楼复印文件，常常一路小跑从一楼到二楼，再从二楼到一楼，跑得气喘吁吁；她还非常的上进，她自己的专业学的是法律，但在我这里只是做了一个文员。她刚来的时候，说自己晚上会坚持看专业书，不想丢失了自己的专业。

后来，偶尔聊天，知道我手上有几个跟我现在工作相关的听起来"牛逼"的资质证书，顿表惊叹，于是，要走了一些推荐书目，购入一堆书，说要像我一样增加自己的职业含金量，甚至，她会以身边的人不勤奋为耻。

有一段时间她频频跟男友吵架，起因就是当她每天在家里加班或者学习的时候，她男友则在忙着为公司的年会排演节目，总在一旁哼哼唱唱。

她觉得你一大老爷们儿，在需要奋斗的年纪，不去学习，不去为自己的未来打算，天天搞这些靡靡之音，是要做成哪样？关键是唱得这么难听，还那么恬不知耻。

鉴于男友的这种不上进和不勤奋，她表示特别愤懑，甚至在闲暇的时候来跟我讨论两个人价值观是否还能匹配。

这个勤奋的姑娘为了能更好地适应公司的要求，还努力学上了英语，每天都在自己的小包里装着一本单词书，中午休息的时候，在手机上用APP背单词，非常的用心。

可是，真实的结果是：她的每份文件都要来回做好多遍，不是缺少了我要的信息，就是数据出现问题，甚至连排版、字体、图片大小等这样的细小问题也需要来回修改。同等的工作量，别人在上班时间就可完成，她却到了下班还在勤奋地工作，甚至在家里还需要勤奋地加班。

我每次看她跑上跑下，十万火急的样子，心里就很拧巴，于是总是跟她讲："你慢慢来，不要这么急。"她每次都回复我："我事情多啊，我不快一点我就干不完啊！"

有一天我问她："你今年还准备过司法考试吗？"

她说："我早就没有看法律的书了，我准备考个审核员证。"

我说："哦，好！"

后来，又有一天，我又问她："审核员考试快报名了，你准备得怎么样了？"

她说："啊？！我最近在看精益生产的书。"

我说："哦，呵呵！"

她的英文报告还是依然错误连篇，我问她："最近单词背得怎样了？"

她说："我每天都在背，可总是记不住，背完就忘了。"

然后她依然每天中午不午休，噼里啪啦地用手机背单词。

这个勤奋的姑娘，每天都过得很充实、很努力，她怀揣着梦想，期望梦想成真的那一天。

我实在不愿意告诉她，她只是做出了勤奋的姿势，却少了勤奋的智慧，这样的勤奋就如一场低水平的表演。

02

为了让她认识到自己处于一种低水平的勤奋中，我决定帮帮这个勤奋的姑娘。

有一天，我有一份数据需要她去统计，我让她去向生产部门要生产线每天的停线时间，然后统计个表格给我。

任务跟她说了后，她连声应承，抱上本子和笔就要往外跑。

我叫住了她。

"昨天让你做的那个PPT做完了吗？"

"啊？没有！"

"可是那份报告是我今天开会就需要用的，今天的这份表格我可以过两天用，你能稍微缓一缓。并且你可以在接到工作的时候，询问一下工作的deadline。"

"哦，好的！"

"对了，你觉得你每天这么忙，在时间管理上有什么问题吗？"

她一脸茫然，显然从来没有考虑过这个问题。

我在办公室的白板上，给她画出"时间四象"，告诉她按照帕累托原则，我们每天80％的精力要用来解决20％的最重要的事情。

虽然很多人每天会把自己的小字条列得满满当当，但是有可能每天重要的问题都没有得到解决，所以每天都觉得忙而不得章法。

要想管理好自己的时间，不做低效率的勤奋者，首先，需要清楚地知道，各项事务的轻重缓急，对所有的事项列出优先级，知道什么事情自己当下必须马上去做，什么事情可以拖一拖再做，什么事情等闲下来了以后再做。

于是，我对她说："那如当下，你重要且紧急的工作就是我昨天交给你的那份PPT。"

她点点头，在本子上画上了时间四象，夹着本子又准备出门。

我又叫住了她："你知道这份表格，需要包括哪些信息吗？"

她说："生产线的名称，各条生产线的停机时间。"

"没错，但是我还需要停机时间的分类，我需要知道是什么原因引起的生产线停机，是等料、生产安排，还是因为设备停机，或者是更换模具，等等。"

如果在没有弄清楚标准的情况下，就去做这件事情，等你费尽心思做好后，发现还得重新再做。

这就跟我们的职场和生活有没有目标一样。

有目标的人永远知道自己的方向在哪里，即使当前离目标很远，但是每走一步，都是在向目标迈进，就如驮着唐僧去西天的那匹白马，西天是永远坚持的目标。

而没有目标的人，虽然也很忙碌，但是由于缺乏目标的指引，只是在碌碌地重复自己，就如那匹在磨盘上拉磨的老马，一辈子，走了不少的路，可永远都在原地转圈。

思考是行动的前提，深入的思考比立即行动更为重要。

03

两天后，小刘交上了一份还算不错的报表。

但是，我还是叫住了她，问了她最后一个问题："你在这次收集数据的过程中，有没有学到什么？"

她有些无措。

我问她："你最近是不是在看有关精益生产的书？"

她点头说："是啊。"

我说："那你有没有想过，我们收集的这些数据是为我们下一步的分析和改进做准备的，你看到的理论，完全可以在这次项目中得以验证和实施。最简单地说，你可以从你的数据统计中发现哪类问题是出现频率最多的，我们可以从哪里寻找到改进的方向。"

她恍然大悟。

最有效的勤奋，就是坚持自己的输入和输出的闭环，学以致用，你学到的东西，刚好被你用起来，这是最便捷也是最有效的勤奋。

在我们身边，有很多勤奋的人，他们永远都在践行"天道酬勤"。

他们坐地铁的时候一定在喔喔当当地用APP刷单词；

骑车的时候也一定要让自己听一段××读书；

kindle里下了很多经管励志书；

书架上摆满了各种名家著作；

他们经常在网上报名参加各类课程，愿意为知识付费；

他们也舍得为自己报各种培训班，为自己的职场加油。

但是，问题是这其中有很多人，都处于一种低水平的勤奋，甚至可以说是用战术上的勤奋来掩盖战略上的懒惰。

换言之，就是只是做出了勤奋的姿态。

喔喔当当地刷单词，大多是形式大于实际；

碎片化知识学习了很久，回想起来，并没有发现自己的认知有什么实质上的进展；

那些经管力作，名家著作，有可能根本没有看过。

所以，他们只是看起来很勤奋的样子。

04

要摆脱低水平的勤奋，成为一个高品质的勤奋者，其实要做到的就是以下四点：

（1）保持自己深度思考的能力

小刘这个姑娘，每次接到一项任务后，向来不加策划，不假思索，领着任务就跑，看起来很敬业很勤奋，实则是用行动上的勤奋掩饰了思想上的懒惰。

不去思考"目标是什么，怎么去完成，用什么方式去完成，我目前的状态是什么，我还需要什么"。

于是，她每次交上来的工作都不尽如人意。

有时候你对待工作的态度，就是你对待人生的态度，在工作中不进行深度思考的人，在生活及人生规划上也常常会流于形式，浮于表面。

由于对自己的职业发展和生活缺乏深入的思考，所以难得有合适的目标，也不会去考虑输入与输出的关系，更多时候的勤奋，只是为了给予自己勤奋的表象，并且不断地给予自己心理暗示：我很勤奋，我没有虚度光阴。

深度思考，是你摆脱思维惰性，摆脱"低品质勤奋者"的基础。

（2）为自己选择有效的时间管理的方法

我们身边有很多这样的人，包括我自己以前也是这样。

坐下来准备看书，看书之前刷一下朋友圈，发现某某在朋友圈放了自己旅游的照片，心里暗自揣度一下TA当前的生活状态，同时思绪还飞回到你跟TA的过去中。

看到谁谁在朋友圈里分享的文章，点进去看了一下，刚好文章的观点戳中了自己的某个痛点，于是情绪起来了，继而在情绪中难以自拔，把闺密翻出来倾吐一下这种情绪。

这一圈下来，时间也许已经过了两小时。自己当晚计划要看的书，到睡觉的时候也只是看了开头的那两句话。

在社会上有很多讲时间管理的课程，但是我喜欢的最简单粗暴的一句就是：最牛逼的人，就是说工作的时候就工作，说睡觉的时候就睡觉，说看书就看书，说玩耍的时候就玩耍。

每天为自己做个to-do-list，按照"时间四象"法，把自己清单上的事项做个优先级，A类重要且紧急的事项，必须立马去做。

B类紧急但不重要的事情，比如谁来约你打麻将，谁来找你顺便去楼下帮他拿份文件，这类事情紧急但是对当下来说不重要，拖一拖再去做，甚至不做，也无关大局。

C类重要但不紧急的事情，如果没有A类事情，这类事情就应该排上日程，作为紧急的事情去做，比如学习和做计划等。

对于D类既不紧急也不重要的事情来说，就等有闲工夫的时候再去做吧。

（3）为自己建立合适的目标

这件工作要达到的标准是什么？

自己职业发展的规划是什么？

当下和未来的计划是什么？

离开了目标，就会少掉那份为了目标而坚持的奋斗。

缺少了自己的目标，你的勤奋经常会受到外界环境的干扰。

别人考了个GRE，你看着挺眼红，你也抱回一堆资料；

别人换了份工作，薪资涨了一倍，你心里也挺痒痒，开始对眼下的工作充满抱怨；

或者谁跨界去做了作家，出了书，你一想，我幼时的梦想也是当个作家，于是你也开始写那些你心中的风花雪月。

可是，你忘了去思考，自己的优势是什么，自己内心的需求是什么，自己内心深处渴望自己成为什么样的人。

就像小刘这姑娘，今天想这样，明天想那般，却始终不知道自己最终想要的是什么。

（4）一定要做到学以致用

从上学再到工作10年，用实际经验明白一件事情，那就是：学以致用才是最好的学习，才是勤奋最便捷的方式。将你的输入与输出关联，在输出中去践行和验证自己习得的认知。

小刘接受我的建议，从工作中高频出现的英语词汇开始学习，由于这类词汇学习了以后，会反复在工作中出现，不容易遗忘，于是不仅提高了学习效率，还提高了工作效率和工作质量。

时间是公平的资源，但是在每个人的手上，时间又成为了最不公平的资源。

高品质的勤奋者把自己的时间花得恰到好处，时间在他们手上创造出高价值；低水平的勤奋者，只是花费时间来掩盖了自己思想上的懒惰，同时进行了一场低水平的表演。

干掉拖延症，世界就是你的

文 / 大芋芋

你有拖延症吗？

早上你定了一个6点的闹钟，可是闹钟响起时你满脑子都是还没做完的美梦，加上重重叠叠的困意一阵阵袭来，你伸手按掉闹钟，想着我再睡10分钟，就10分钟。

但你一不小心就多睡了一小时，醒来的时候已经是7点了。你想立刻坐起来洗脸刷牙吃早饭，然后看书。

可是被窝太温暖，手机太好玩，一不小心你就赖到了9点。

9点以后你慢慢穿衣下床，嘴里叼着一块面包，边吃早饭边刷微博，然后看看表：我再刷5分钟微博，就去看书。

可是你一不小心就多刷了一小时微博，等到书摊在你面前的时候，你又想着马上都该吃午饭了，还是等吃完了再学吧，反正有一个下午的时间呢。

可最后啊，你又是一个不小心加一个不小心，一直到晚上11点了，你睡在床上，想着自己一天到底做了些什么呢？

除了玩手机，你什么都没做。

你开始懊悔，甚至是恼恨：明知道自己应该去学习了，可就是控制不了体内的"洪荒之力"，想玩手机看电视，每次口口声声说着"再玩10分钟，就10分钟"，可到最后一荒废就是一整天。

莎士比亚说得好："我荒废了时间，时间便把我荒废了。"

从你拖延症开始的那天起，似乎就注定了你的失败——忙着考试的人们每天按部就班地学习，你却一拖再拖，最后要考试了才发现自己什么都没学；

忙着年终评比的人们每天按着年末的目标执着努力着，你却一缓再缓，等到年底时发现自己业绩平平，根本没有丝毫竞争力。

于是，你便开始自暴自弃：算了吧，反正都这样了，努力也没用了。

以上我所说的，是你的一天吗？或者说，是你的一生吗？

调查显示，大约75%的大学生认为自己有时拖延，50%认为自己一直喜欢拖延。

什么是拖延症？

拖延症，是指自我调节失败，在能够预料后果有害的情况下，仍然把计划要做的事情往后推迟的一种行为。

什么意思呢？就是你明知道做这件事情不好，但是你还是去做了。我曾经在微博上看过一句话：我知道努力不一定成功，但是不努力真的好舒服。大概就是这样，明知道不努力不好，但还是忍不住。

人生啊，总是有很多次忍不住。忍不住多看了会儿电视，忍不住多玩了会儿手机，忍不住多跟某人聊了两句，忍不住就拖延了一会儿。

可单单是忍不住就算了，毕竟发誓要好好学习的人是你，拖到最后一事无成的人也是你。

问题是很多人并不能承担自己的拖延带来的后果，于是会出现各种消极的身心影响，很多人会自责、内疚，对自己有着强烈的负罪感，严重的会开始不断地自我否定、贬低，甚至会发展成焦虑症、抑郁症等心理疾病。

有许多人在做事之前喜欢给自己制订计划，这是个好习惯，制订计划可以让我们更好地知道自己需要做什么，需要多久。

但大部分人之所以没成功，并非是他们没有订计划，而是在完成的过程中不断打折扣，比如计划一小时完成的事情拖成了两小时、三小时，于是之后的计划也会因为拖延被打乱，引发蝴蝶效应导致整个计划全盘紊乱，不得善终。

那么，如何对抗拖延症呢？虽然我在这方面做得依旧不够好，但是以我多年的经验加上稍有改善的好势头，我为各位提供以下几点建议：

第一，与其懊恼刚刚没有把握住，不如从眼下这一刻开始努力。

有句话说得好，觉得为时已晚的时候恰恰就是最早的时候。

过去我最常做的一件事情就是在晚上入睡前回想今天一天做了些什么，但结果往往就是——我又荒废了一天。

于是我就会怪我自己，为什么总是这样，感情最后升华成为"我觉得自己是个烂人"。发觉自己本性后便开始翻来覆去睡不着，等到凌晨才入睡，第二天又早起不了，一天的计划再次毁于一旦。

长此以往的恶性循环，这不是件大事，却总是细细碎碎折磨着自己，不可自拔。

可是某天我突然像被菩萨敲了天灵盖一样，想道：与其一直埋怨自己，为什么不从此刻便开始好好把握呢?

比如今天上午一直到10点半的时间都被我荒废了，现在11点准备去吃饭，那为什么我不能利用最后的半小时背两个单词，看一篇文章呢?

很多人不重视零碎的时间，却忘了每天你拥有最多的，最容易改变你的，就是零碎时间。

利用5分钟背背书，可能整个人就会变得自信一些，能告诉自己我没有浪费这5分钟。

而一天中这样的5分钟实在是太多了，如果能够抓紧这些零散时间，收获暂且不说，最起码你会给自己增长点自信，更加有利于你对抗拖延症。

第二，原谅自己，不要总在过去的事情上纠结。

亡羊补牢的故事几乎妇孺皆知，却很少有人真的贯彻落实过，人生中更多的似乎都是些破罐子破摔的体验。

毒鸡汤往往比鸡汤更有道理，你不努力，就不知道事情到底会变成什么样子。

可是你不努力，事情就一定会是坏的。醉生梦死的人真的很舒服吗？我不知道，反正对我而言，我更喜欢充实奋斗的日子，睡得不够头会痛，睡得太多了头也会痛。君子之中庸也，君子而时中。

你可以总是回顾过去，但你千万不能沉浸在过去里面出不来。不要沉浸在往日的伤怀之事中，也不要贪睡于旧时的功勋喜悦。

不念过去，不畏将来，才是长久之道。

第三，锻炼自己的自控力。

早期我读过一本叫《自控力》的书，大体内容是说人的自制力并非天生，只要心之所向，后天也是可以养成的。大脑里面的主要成分是灰质，管辖自控力的区域灰质越多，你的自控力就越强。

那么，如何才能使那一块的灰质增加？科学研究表明，灰质是可以流动的。

当你刻意锻炼开发某一区域时，灰质便会集中涌向那个地方。

所以在日常生活中，你可以通过冥想、记录、总结、练习等方法来锻炼增强自己的自控力，每成功一次，那一块的灰质就会慢慢增多。

比如你需要戒烟，就可以将烟放在家里的各个地方，起到刻意提醒自己不要抽烟的效果，这样时间久了，你就可以控制自己对烟草的欲望，你的烟瘾就没那么大了。

同理，要想干掉拖延症，就要先从小事情做起，比如今天要洗袜子，你却总想着从早拖到晚，从今天拖到明天。

不如先打起精神，强迫自己立刻就完成它，说到底洗袜子也只是件小事情，完成起来并不是很难。

但如果这样的小事情做多了，就能达到锻炼的效果，自控力上去了，干掉拖延症就容易得多了。

第四，做自己喜欢的事情。

假如男神约你一起散步，你会迟到吗？

假如早晨的尿意逼迫着你，你还会赖床吗？

假如有人告诉你，每天早上4点钟起床就能得到10000元钱，你还会有困意吗？

当一个人面对自己喜欢的事情时，哪里会有什么拖延症？

说到底，也就是你拖延的事情根本没有触及你的G点。当我们面对一件事情，表现出极强烈的欲望与获取心时，你的表现就会出人意料地让人满意。

有句话说，热爱足够抵抗全世界。当你真真实实热爱着一件事情的时候，让你做什么你都甘之如饴。

《大国工匠》里面的许多行家冷板凳一坐就是数十年，试想若是没有热爱，数十年的光阴就都会变成煎熬，但若带着一颗赤诚之心去做，10年也只是弹指一挥间。

你有拖延症吗？如果有，希望读完这篇文章后的你，不会再深夜辗转，为自己又浪费美好一天而感到懊悔不已。

保持适度的饥饿感，变成更好的自己

文 / 温姬拉

《可兰经》中的智者鲁格曼有言："饥饿会使人心如明镜，才思敏捷，富于远见。饱食会使人的思维麻木，智力减退，懒于功修。"

01

在县城上高中的那3年，我在学校住宿。

学校伙食不是很好，老爸就趁假期带我去县城一个伯伯家串门，伯伯也很热情，叫我平时多回家（伯伯家）吃饭。

我通常周五会到伯伯家，待到周日才回校上晚自习。

伯伯有一个在读五年级的儿子，没有女儿，所以视我如己出，待我极好。每顿饭都有老火汤，有鱼，有我爱吃的鸡翅。

知道我大考小考不断，伯伯还总会趁早去市场买鱼头，煮鱼头汤，说是给我补脑。

伯伯总在饭桌上教育我：一定要吃饱，吃饱了才能专心学习，才能解决其他问题。

我一想，是啊，和饱暖思淫欲一个道理。吃饱了，才不会想着自己的肚子，才能解决精神层面的问题。

于是拼命吃啊吃，饭量从一顿一碗半增加到两碗半，一日三餐增加到五餐，下午不吃东西，晚上不吃消夜就嘴疼。

到高三时，学校推出低价学生营养餐，姐姐也给我寄了很多补品，什么核桃粉、芝麻糊、莲子羹，每天中午、晚上饭后来一碗。

我的高考奋斗目标，似乎变成了解决各种食物，补脑，补身体。

当然，我的体重也毫不客气地噌噌往上涨，高一入学48公斤，高二53公斤，高三时已经到达60公斤，而身高只长了1厘米。

看到别人挑灯夜读，我惴惴不安，想着也要发奋图强，3分钟后……我睡着了。

不久前，我去影院看《垫底辣妹》，看哭了，觉得沙耶加为了考上庆应大学，拼命努力那一刻，拥有了全世界。而我的高考似乎都拿去拼命吃了。

之前我想不明白，为什么在那么多人努力的气氛下，我还是努力不起来，还是不能拼尽全力？明明我脑子里那个小人已经摇旗呐喊，要奋斗，要努力，为什么还是败给现实的疲惫？

工作后经历一些事，才明白，一个努力不起来的人往往因为"没有保持适度的饥饿感"。

02

去年10月公司去青岛办活动，为了省钱，决定一部分人先坐飞机过去布置场地，另一部分人坐公司的车过去。

我和部门的领导坐同一辆车，车上还有经理的秘书、司机老陈、一个同部门同事。

坐了五个多小时的车后，中途停车吃饭，可能是饿久了，大家吃起饭来都是狼吞虎咽，碗里的饭添了一碗又一碗，除了领导。

他吃得很慢，吃了一小碗就停筷了。

我问领导："要不要帮您多盛一碗？"

领导："不用，够了。"

我又问："是不是饭菜不合胃口？"

领导："不是。待会儿要开车，让老陈休息一下，吃太饱大脑供血不足，犯困。"

我以为他开玩笑，继续埋头苦吃。然后上车一会儿，我就睡着了。后来偶然上网查到：

大量进食真的会使人困倦。肠胃为了完成消化吸收任务会使血液流向消化道，外周组织和大脑的供血就会相应减少，特别是大脑，它不能储存能量，一旦缺血缺氧，能量代谢就会发生障碍，直接影响到脑功能的正常发挥，使人感到困倦。

与"知道很多道理，依然过不好这一生"同理，尽管知道保持适度饥饿能使人更清醒，更有斗志，但知道的人多，做到的人少。

领导告诉我们这个道理后，部门没几个同事愿意在吃饭时少吃几口，毕竟，保持饥饿需要与人的原始欲望对抗，这需要极大的自控力。

当然，领导那份饥饿感，是有人埋单的。公司欣赏，同时也需要一个控制力好、工作出色的人。

每天不论领导在公司加班多晚，第二天还是会元气满满来到办公室，查看工作进度，解决客户问题，书写工作报告……处理各种事情。

后来因工作关系接触到不少人，发现不只领导，那些工作出色者或小有成就者，他们的饭量都不大，追求的是精致的饮食和少吃多餐。

03

一个朋友敏敏，在一家外贸公司任职。

每次约见面吃饭，基本节奏都是我吃，她看我吃。她往往只吃一小碗就停筷，喝水。

我惊讶于她的小鸟胃，她诧异于我的饿狗吃相。

后来才知道，敏敏并不是天生小鸟胃，而是习惯饥饿。以前她也是个贪吃的胖妞，因为喜欢一个男生，男生嫌弃她胖，当众拒绝她的表白，她才发誓要减下来。

三个多月的节食和瘦身，她瘦了二十多斤，成了一个苗条的"弱女子"。因为害怕胖回去，她一直保持"吃饭七分饱"的习惯。

果然，一个能减肥成功的人都是有故事的人。

"习惯七分饱跟习惯饱腹有一样的魔力。"她说。她尝过"七分饱"的甜头。

敏敏的工作，不仅对外在形象有很高要求，而且她也常要整理繁杂的市场调查，日夜颠倒地回复一些国外客户的邮件。

"七分饱"不仅让她保持苗条的身材，也提高了她的工作效率。

"那点饥饿感，让我清醒。比起饱肚后的脑袋空空，我能更快做好自己一天或一个月的工作计划，能更好地做出一个报告。"

华盛顿大学曾做过一个关于饥饿的研究，发现：

适度饥饿可以帮人战胜疲劳，保持大脑清醒。因为人在饥饿时，大脑会忽略对睡眠的需求，工作效率更高，这与饱肚时的状态相反。

这个习惯"七分饱"的姑娘，是为了用那"三分饿"，换得自己更佳的工作状态。

无怪乎同一年毕业，我还在吃土，而敏敏不论是在工作成绩还是薪水上，都在公司部门遥遥领先。

04

舞蹈界的传奇——杨丽萍女士，一组在元阳梯田的写真，仙姿绰约，美得超尘脱俗，我以为这是舞蹈对她的恩赐。

前几天看到关于她的文章，知道她的午餐只有一小片牛肉，半个苹果，一个鸡蛋，才明白她的灵气也源于保持饥饿感的自律。

中国古人曾说："若要身常康，腹中三分饥。"

《可兰经》中的智者鲁格曼有言："饥饿会使人心如明镜，才思敏捷，富于远见。饱食会使人的思维麻木，智力减退，懒于功修。"

保持适度饥饿是一种自控力，也是一种习惯。

很少人能做到"七分饱"，因为和原始欲望对抗太难，我们常常败下阵来。

高三那年，我没能做好备考，不能说没有吃太饱的原因。回想每次吃太饱的时候，都是容易给自己放松的心理暗示：好饱啊，先坐一会儿，待会儿再出门；好饱啊，还看什么书，先睡会儿；好饱啊，今晚不能跑步了，对胃不好……

纽约州立大学对一群肥胖人士的研究显示，过度饮食的罪恶感会带来"那又如何"效应，造成恶性循环。减肥者在过度摄入脂肪后，会产生减肥计划落败的挫败和自我失望感，从而产生反正如此，不如继续放纵的心理。

吃太饱容易让很多事情陷入搁置的状态，越搁置，越生疏，越健忘，身体越沉重，越没自控力，越无法做成一件事，陷入恶性循环。

适度的饥饿感让人清醒，工作越高效，身体越轻盈，越鸡血，越努力，越容易有成就，保持一个良性循环。

最近给自己做了个测试，发现做事高效的时候，一是跑完步后；二是早上起床上完洗手间后。这两个时间段，有一个共同状态：肚子有点饿。

后来我强制自己午餐不吃饱，发现午睡更容易醒来，醒来后也更容易进入工作状态。

斯坦福大学教授凯利在《自控力》里，提过当"控制的自己"战胜"冲动的自己"，意志将会加强，更容易做成一件事。

我想，是时候来跟身体做一次交易了，用抑制的食欲来换取清醒的头脑，保持适度的饥饿感，及早过上不被搁置的生活。

健身和读书，是世界上成本最低的升值方式

文／大芋芋

01

F没有出生在一个有着强硬背景的家庭，她上了大学以后便开始立志要读研，去更好的学校学习，过更好的生活。

于是她从大一开始便积极准备有关考研的一切事宜，在基础课程与专业知识方面她学得比宿舍任何一个人都刻苦，每天早出晚归，特别是大三准备考研的时候，夜深了还在挑灯夜读。

我们所有人都觉得她肯定会考上，但偏偏已经过了初试的她，止步在了复试的面试这一步。F觉得无比郁闷，我们也都用"名校的面试都是有本校保护的，其实外校，很正常嘛"这样的话来安慰她。

但我隐约觉得是她自身的问题，名校再保护本校生，每年也会有外校的学生考上。不过，由于F素来与我们不是太过熟识，我也

没有多说什么。

直到快毕业的某一天，机缘巧合，F跟我聊了起来。

她说从小到大，自己都在很努力地读书，想要过更好的生活，但似乎总是少了点什么，除了考试，她做什么都不够顺利，大一在学生会的工作也是草草收场。

她说其实自己压力一直很大，家里还有个才上小学的弟弟，自己要努力读书，以后带着弟弟一起发展。但不知道为什么，自己还是一个如此平凡的人，总是不能得到更高层次的发展。

我并不是一个喜欢多嘴说什么的人，总觉得每个人都各有命数，但是作为舍友，我还是宽慰了她几句。

最后实在没有什么话好说了，我就随口说了一句："我觉得现在小学生，多读点课外书还是不错的，我们那会儿二三年级都喜欢看皮皮鲁之类的书，你可以买点给你弟弟看看。"

她愣了一会儿了，呆呆地问我，"皮皮鲁是什么？"

我有些惊讶，几乎脱口而出："难道你小时候都没看过吗？"

但是想想每个人的兴趣爱好不一样，不知道也很正常，于是我仅表达了我自己的观点："我觉得这系列的书挺能开拓个人思维的，还不错，你可以推荐给你弟弟看，估计男孩子会喜欢的。"

她立刻接了一句："我弟弟才不看这些杂书呢，他只看学校里老师列的名著100篇。"表情里还有一丝骄傲，我又问她名著100篇里面有些什么，她想了想："就是《小王子》《名人传》之类的。"

我觉得有点可笑，一个二三年级的小孩，怎么可能看得懂这些。再一问，她小时候连这些书都没看过，看过最多的就是语文课本。

我终于没忍住，问了她一个问题，这才恍然大悟，为什么她有着远大的理想与刻苦的精神，可是依然在名校的选拔中败北而归。

在最后的面试中，有个老师随口问了一句，大概意思是能不能评价一下当今的"厚黑学"到底是一种什么样的理念。她当时就愣住了，说她从来都没听过这个词。后来老师又问了几个跟专业课知识没什么关系的问题，她连回忆起来都很困难了，还一脸愤懑地对我讲："好好的面试，净问一些我不知道的东西，故意刁难我呢吧！"

我无言，抛开故意刁难这一说，她读的书的确是太少了，少到可怜却不自知，才是最大的悲剧。

02

前阵子，杨绛先生的逝世引发了朋友圈、微博等社交网络的刷屏。

不管是不是杨绛先生写过说过的话都冒了出来，每一个人都在点着蜡烛说着各种哀悼与缅怀的语句，仿佛自己已然读完了杨绛先生的每一本书，读懂了先生的每一句话，下一秒就可以过一个跟先生一样的人生了似的。

朋友L对此总是各种不屑："恐怕在这天以前，他们都不知道为什么要称呼一位女性为先生。"

　　的确，就在消息刚出来的时候，还有人问我"钱钟书是谁"，下一秒就在朋友圈里面发着"世间好物不坚牢，彩云易散琉璃脆，先生走好！"之类的话。

　　朋友圈里的一些人，有事没事喜欢拿这些热点新闻出来标榜自己的学识广博与情感深刻，不是你自己的东西，非要拿过来说是你自己的，那你和前阵子拿别人的奢侈品拍照的额头妹有什么不一样呢？

　　有人说，我读书少，怪我咯？

　　对，当然怪你。

　　你情愿与三五酒肉朋友相约去吃喝玩乐，情愿在宿舍刷伦理剧打电脑游戏到脊椎疼，甚至情愿一整天都无所事事，也不愿意捧起一本好书去看去思考，你却还在抱怨着自己的人生不够美满。

　　L的一个朋友H就是这样的人，高富帅一只，偏偏总是觉得自己孤独，觉得自己被全世界抛弃，所以非要拼命去消遣，去谈恋爱，甚至去约炮，完了又觉得人生真空虚，一点意思都没有，于是又觉得自己被全世界抛弃，重复开始恶性循环，陷在人生的泥潭里不可自拔。

　　他不止一次地跟L抱怨过，说没有人懂他，没有人爱他。

　　L总结下来就是：**你读的书太少了。你不够充实，不够强大，不能自己给自己安全感，才拼命在别人身上寻找安全感。**

　　但是H总是不能理解L的说法，L也没办法，讲到底还是说他读书少了，又是一个恶性循环。

03

有人说，要读那么多书干吗？也许这个问题L会解释得很好。

L很小的时候，父母每天都在外面忙，家里永远只有他一个人，但是L不会觉得孤独，又或者说，在漫长的孤独中，他学会了用读书来自我宽慰。

他说那些日子里，一本又一本的书像一些朋友甚至是长辈，陪伴着他，开解着他，他慢慢开始在自己的身上找到了安全感，也慢慢理解了父母的不容易。

而这一切又与他的父母的教育是分不开的，L的父母虽然是生意人，但从L很小的时候便开始给他讲睡前故事，后来即使父亲经常出差，每次回来也会买上一两本书，在这样的家庭环境中长大的小孩，气质里自然有一种处变不惊的泰然。

H小时候，他的父母在外忙生意，H便成天在家打游戏看动画片，日子久了便开始觉得无聊，开始埋怨父母对自己不够关爱，家庭之间的交流也越来越少，矛盾也越来越多，最终导致了他游戏自己的人生这样的恶性循环。

微博上有句话说得很好，健身和读书，是世界上成本最低的升值方式。如果说健身会让自己的肉体变得美丽而健康，那么读书则让灵魂变得美好而强大。它扩宽了我们生命的广度与宽度，即使生活跌宕起伏，我们也能以一颗泰然处之的心去面对这一切。

男性是这样，对于女性更是如此。

有人会问，女孩子上那么久的学、读那么多的书，最终不还是要回一座平凡的城，打一份平凡的工，嫁作人妇，洗衣煮饭，相夫教子，何苦折腾？我想，我们的坚持是为了，就算最终跌入烦琐，洗尽铅华，同样的工作，却有不一样的心境，同样的家庭，却有不一样的情调，同样的后代，却有不一样的素养。

这句话我表示赞同。有些时候，教养来自家庭，来自父母，但是更多的，应该是来自书本，来自自己接触过的人和事。

你读过的书决定了你会遇到什么样的人，也决定了你会过上什么样的人生，我不反对纸醉金迷的生活，但比起无休止的奢靡，我更希望能找到一个彼此灵魂高度互相匹配的爱人。

爱情的确不能没有经济支撑，长得顺眼也是感情最初能相识的重要原因，但是情感上的共鸣才是维持一段感情的关键。

梦想的绝配不是才华，而是持久的激情

文 / 沈万九

01

3年前的某个下午，宽敞的办公室，几柱如血的残阳破窗入内，铺洒在纯白色的桌面上。

一位朱唇金发的熟女面试官，用微微翘起且略带醉意的嘴角，对着正襟危坐的我说道："你觉得你的激情会一直存在吗？"

听到这个问题时，我脑门顿时一热，反应如莱奥纳多被质疑会不会演戏一样秒回道："当然会啊！"

语气中还略带一丝鄙夷，觉得对方问了一个"特2"的问题。

然而，3年后的今天，当我再次想起这问题时，觉得"2"与不"2"已经不那么确定了，尤其是当时间一天一夜地打马而过，岁月如失恋姑娘的眼泪一样哗哗而流，脚步却依旧忙碌得停不下来，而曾经的那些激情，亦如同空中的气球一样，在不经意间慢慢泄气、下沉、落地……

02

众所周知，一对宅男剩女处对象，如果只是为了找个伴侣，供套房子，生俩孩子，应付一下孤单苦闷的日子，平衡一下缺失已久的性生活，固然未尝不可，但真正的爱情就不是那么简单了，彼此之间的激情就像是内裤一样，虽说不穿也区别不大，可里面的感觉却是迥然不同。

对此，经常去KTV吼歌的朋友可能也会发现：同样一首歌，两个人去唱，一个人唱功了得，另外一个唱功一般，但前者唱起歌来跟背单词一样，味如嚼蜡，后者却把感情融入了进去（不管是不是因为最近失恋的缘故），这样虽然歌声一般，却能轻易打动人心，如同天籁。

由此可见，激情是一件好东西，不管是对爱情还是事业，不论是对身在云端的名人，还是驻唱大街的歌手……

毕竟我们不是机器人，不是简单地接到命令，贯彻执行。

人类都是由化学物质构建的，唯有通过无数的化学作用才能够合成有效的行动，而激情就是一种最大的化学作用。

03

不可否认，每个人都经历过激情燃烧的小时候——不管是大到对宇宙的向往，还是小到对蚂蚁的好奇，抑或是对隔壁姑娘身体发育状况的不解……这些激情发自内心，弥足珍贵。

然而，随着年龄的增大，在标准化的教育和去差异化的生活中，我们的激情慢慢降温、退热，甚至完全消逝——有关这一点，"大城市"就像是催化剂一样，加快了发酵的节奏。

君不见，在城市的地铁里，处处能看到麻木到乏味的眼神；在摩天的写字楼内，则四处枯坐着或疲惫焦虑，或闲而无事的灵魂。

我们每天像无趣的工蜂一样忙碌着，忙碌的间隙则像好不容易回到水里的鱼一样，拼命喘息着，随时担心着被打捞上岸，我们逐渐忘掉初衷，丢弃激情，追逐高品质的生存，而非生活。

据调查，重复而无创造性的工作最容易消耗一个人的激情。如果恰巧这份工作又是在高强度压力下完成的话，那他一定很容易生病——不管是身体还是心灵。

再恰巧，这份工作的收入还是非常低廉，以致看不到希望，那此人一定会产生轻生的念头——这也正是前两年某某康一度发生十三连跳自杀事件的原因。

04

记得刚毕业那阵子，由于工作的缘故，我需要出差到内陆的美容院，跟打扮得花枝招展的美容师们聊天。

她们经常谈到的一个问题就是给顾客做手法，这种手法属于基础护理，每天要做上千次，甚是乏味苦闷——这几乎成了美容师们的心病。

后来有一回，我到宁波的一家门店，惊讶地发现，这里的每个美容师对工作都特别有激情，特别来电，每天上班都像是过节一样，摸起顾客来像是摸情人一样万分温柔。

对此，我非常好奇，当即找来老板娘打听，发现原来这家美容院有这么一个文化：美容师们在做手法的时候，每做一下就会在心里默念一句：一元钱，两元钱……一直从月头数到月底。

也就是说，她们在做这件重复性的工作时，也是心怀激情的——即便这个激情的来源是金钱。

由此可见，拜金固然赤裸，甚至盲目，但亦有其可取之处。然而除了金钱，激情还能够来源于什么呢？

有人说是来源于热爱，无限且无条件的热爱；有人说是欲望，这种欲望源自于内在的驱动力；也有人说来自好奇心，更有人说是天性使然的同时被环境所趋……著名的哲学家罗素则有以下三大激情来源："三种单纯然而极其强烈的激情支配着我的一生，那就是对于爱情的渴望，对于知识的渴求，以及对于人类苦难痛彻肺腑的怜悯。"

也就是说，每个人的激情来源都可以不一样，同样一个人对不同事物的激情也可能不同。

唯一可以确定的是，一个人如果恰好对其所从事的工作充满激情，而且还打算把这种激情持有一辈子的话，那么这个人一定是最幸运的，这种幸运也一定会伴随到他成功的那一天。

05

我读大学时有个朋友，是一个很漂亮的姑娘，而且气质还非常出众——当然这不是重点，重点是那阵子快毕业时，她听说考研好，特别是一个漂亮的女研究生。

光这名字就拉风极了，于是便一天到晚往图书馆里钻，上大街买化妆品的时候也不忘带本考研英语。

可是后来，社会连带学校刮起了一阵热风，说公务员是黑领，铁饭碗，特别香，于是她便矛头急转，激情万分地报了省考，又马不停蹄地备战国考。

可是刚准备半个多月，几个要好的朋友毕业后去了银行，说银行工作怎么好怎么滋润，公积金比工资还多。她听了之后脑海中马上浮现出自己穿着某四大银行工服的绰约样，于是又热情洋溢地去买西服准备网申银行……

这个故事的寓意很简单：短暂的激情不值钱，长久的激情才赚钱，正如马云曾多次不厌其烦地告诫创业者一样。

06

德国诗人歌德曾说过："我们的激情实际上像火中的凤凰一样，当老的被焚化时，新的又立刻在它的灰烬中出生。"

然而，如你所知，这个文明而浮躁的世界，正在轰轰烈烈地变化着，物欲亦如同泛滥的洪水一般四处横流：

一方面，有多少人的青春和激情被现实给埋葬和湮没，只剩下过往的回忆于深夜中缅怀?

另一方面，又有多少人沧海横流，初心不改，激情不灭地追逐着梦想?

相信大家都有着自己的答案。

正所谓"青山不改，绿水长流"，如果3年之后，当年那位风姿绰约的女面试官，再一次坐在我的面前，问起同样的问题，我希望能够以比3年前更加坚定且略带尊敬的语气回答她："是的，我的激情会一直存在。"

理想的气球亦会再次升起、加速，直至冲破云端……

出色的学习能力，才是你唯一可持续的竞争优势

文／喵 姬

01

说到这个话题我特别要提一提我目前的偶像，就是前不久去割了眼袋的马东！

马东大学毕业之后的工作是做IT，然后干了几年互联网，厌烦了之后转去考了主持，成功转行，进入央视。

在电视台里做了主持人、制片人、导演，在央视混得风生水起，外人看来人生已无憾，就等着在央视里成为一块老宝就可以了，偏偏四十多岁的马东选择了辞职，跨越一跳，去了爱奇艺做首席内容官，开办了《奇葩说》，而且节目迅速走红！

当大家都以为马东这一转行也转对了，节目那么红，会在爱奇艺闯出自己一片天的时候，2015年，马东从爱奇艺辞职独立开办公司的消息，又迅速把他推上头条！

马东在一期《天天向上》里说到过一个搞笑的段子，现在都在跟一群90后学习，90后思维脑洞大开，对马东的提议总是不停地反驳，只要马东挂出老板的姿态，90后的一群人就说："好吧，反正您比我老，您会死得比我们快。"最后马东不得不听信他们。

虽然马东没有说明这样的事例有没有成功，但是我想如果没有成功，也不会在马东的心里留下印象。

特别喜欢马东这样的一个人，他给自己现在所处的环境里的说法是，跟着一群年轻人去学习。

那一瞬间，我觉得这个矮小胖简直是太厉害了！一个有勇气有想法，而且有着谦虚的学习态度的中年男人，原来那么有魅力！

佩服这样的人，即使社会地位还有履历都已经是可以写上一本传奇了，却还是要不停地学习，去提升自己，去竞争不同的领域。

有竞争能力的人就是那么任性，随意地就可以"走别人的路，让别人无路可走"。

02

前段时间，我有个很好的朋友找工作，已经结婚有孩子好几年了，虽然之前一直在做一些生意，但是迫于一些不可抗的因素，不得不去另外找工作。

上了各类招聘网站投简历，问题就是，她有家庭有孩子，工作地点还只能限制于本地。

其实像她这样的情况真的很常见，但是她的情况比较特殊，她当初读的是师范专业，毕业出来之后没多久就没有工作了，在家生娃，所以累积的工作经验很少。很多基础的办公软件不会用，这让她很头疼。

外加好多年没有坐班，她根本就不能适应。

这个期间她面试了很多工作，其中一份感觉真的挺不错，与文字打交道，就是写报道，还不用坐班，定时交稿，她有一定的文字功底，认为这份工作她力所能及，满怀信心地去面试。

面试回来之后跟我说，她不想做这份工作。理由就是太难，根本写不出来，面试官给她的一个题目是介绍一下我们当地的传统美食，就是让她自由发挥去写。

她回来之后，坐在我旁边就是不停地埋怨："什么鬼题目？让人怎么写？"

我实在是看不下去她这样的唠叨，说了她一顿，遇事没有一点的积极性，不会去想办法解决问题，而是想人家什么都给你安置好，你拿工资就行。

被我说得不好意思，她又来问我怎么写，然后我也大概说了一下如果是我写这方面的内容我会怎么怎么样写。

框架列好了，方向定好了，最后她一脸郁闷地回了家。

不是因为其他的，她的不高兴就是因为她觉得这个社会上的好事情都在刁难她。

我跟她说："如果你想从事文字类工作，就必须多读书，多看书，不然肚子里面没有东西，写出来的东西都只是很飘忽的文句，不流畅。"

看她情绪实在也是很低落，另外一个朋友劝说她去看一些让人积极向上的节目，或者相关的图书，然后就在那推荐了一些节目和书籍。

她甩出一句："我现在找工作都烦死了，看书有什么用？"

我只能在心里默默地难过，她这几年的大学，算是白读了。不学习，你拿什么去竞争你想要的职位？

03

这朋友是我很多年的好朋友，心痛是固然的，刚开始我为她愿意走出来去跟社会接上轨很高兴，也真心地给过她一些意见。

我表示如果她还是乐意写作，我可以提供平台让她去投稿，让她去试试，展示一下能力。然后她一听要写5000字，立马否定了我的提议，甚至连尝试都不愿意。

她的表现确实让我很失望，我真心想拉她一把，希望她能优秀，就像当初读书的时候我羡慕她的学习成绩那样。

可是她放弃上进，放弃自我学习，也放弃了可以学习的机会，对本已经与社会脱节的她而言，这无疑是会被社会淘汰的人群，也只能去从事一些服务类的行业，不需要太多的知识水平。

可是又有多少受过高等教育的人愿意放下身段甘心去做个服务员呢？但是不做服务员，即便其他知识类、技术类岗位给你，你也没有那个能力去胜任。

放弃了学习，放弃进修自己，别说让自己拥有竞争力，连最起码的竞争机会都没法争取到，其他的也都免谈了。

04

说说另外一个朋友L吧，她是一个特别聪明且勤奋好学的女孩子。虽然不像马东那么的爱冒险，但是她的学习能力确实是让她职位稳固向上的利器，在现工作岗位工作了5年，从最初的普通店员一直升到现在的经理。

像她这样的人安插在社会上的哪个岗位，都会成为老板手下不可或缺的左膀右臂。

说一个小事件，就是在她所在的工作单位，现在店里的所有记账模式还有模板，都是她一手整理下来的。

她店里的账目有特殊性，有记账、挂账，还有一些赊账、零售等，特别烦琐，没有学过正式会计的人，几乎搞不下来。但是她整理的这个模板，可以让所有没有接触过做账和会计的人都轻松学会。

当初她整理这套模板的时候，也才升任店长，接手的时候，由于前任店长没有做任何交代，所以她是一脸模糊地接手店铺，然后开始着手整理记账做账，那时候她根本没有学习过会计（她原来的专业就是市场营销）。

这些技能都是她一点点私底下琢磨学来的，自己学习掌握了之后就用在店铺的经营管理上面。现在，店面上哪怕有一分钱的账对不上，所有人都找不出是哪里的问题，只要她来，就没有对不准确的账目。

从一开始接手店铺自己学习了关于账目类的知识，然后琢磨商务方面的礼仪，阅读一些商业谈判技巧之类的书籍，直到现在做了经理之后，就接触一些关于管理等方面的书和知识。

她的学历不高，专业也不是很吃香，但是你就能看到她这样一个人，总是在为提升自己，让自己做得更好而在不停地学习和思考。

而且，她总能为她想要达到的目的拼尽全力，去研究，去探索，去找人解答难题。她现在是很多上层老板想要挖走的员工，只要她愿意，随时可以跳槽到更好的岗位，只是现在的老板对她非常重视，所以也心甘情愿留下打拼。

出色的学习能力，是她职位直线上升的杀手锏。

05

记得当初，我参加我们学校的歌手比赛，无意中，老师和同学们在讨论到这件事情的时候，刚好我邀请伴奏的老师说我也参赛了，同学们一阵唏嘘，说的内容大致就是，我很厉害，是强敌。

我承认，听到这句话的时候，我的虚荣心满满的。

但这是我长期坚持不断学习的结果，我就是为了第一名而去的，我就是他们比赛场上的强劲对手。如果你水平不足，那么我可以轻易地刷你出局。

这就是拥有竞争优势的气势。

社会特别公平，你想要的通过你的努力去竞争，就能获取，只是有太多人没有这种主动去竞争的意识。有竞争意识才能找到学习动力。

如果你现在觉得自己水平特别差，或者什么都比不上人家，又或者觉得自己现在过得很满足，那么你一定有以下类似的思维：

（1）这件事怎么那么难办？

（2）为什么事情总是那么复杂？

（3）如果我年轻，我也能这样。

（4）为什么这些人会有那么大的勇气去冒险？

（5）这个东西那么贵，如果有人能送我就好了。

（6）我很想改变，但是现在不行，机会还没有来。

（7）今天我要做什么好呢？

（8）为什么时间过得那么慢？

（9）这样做有什么意义？

（10）为什么要把自己折腾得那么累？

这里也就稍稍地列举出来一些，多数拥有这样思维的人，都会处在一个相对稳定的工作岗位中安然度日，不然就是还在找工作还没稳定下来的人也同样有这些想法。

如果你想提升，那么你就需要知道比你拥有更强的竞争者的思维方向和做法是怎么样的。好好地去改变一下，去主动学习，培养自己拥有出色的学习能力。

（1）读书（读书累积下来的力量，是未来你不能估量的）。

（2）无论任何事，在不触犯法律和违反道德的前提下，想尽一切办法去完成。

（3）哪怕年龄老了，也还要有拼搏的心。

（4）在你能承担的风险范围内去冒险！

（5）工作烦躁的时候不要说话，做就行！

（6）不要等机会，而是主动给自己制造机会。

（7）订下学习的计划，然后强迫自己去学习。

（8）保持对世界的好奇心，保持对自己未来的好奇心。

（9）多想想这句话："如果我这样做了，未来会怎么样？"

最后，有一句话很重要，记住它，对你一定会有帮助！

比你的竞争对手学习速度更快，可能是唯一可持续的竞争优势——阿里·德赫斯

读书，是提升气质的唯一方法

文 / 碧海明月

01

Z小姐说，她想买一款两万元的包包。

我说，喜欢就买吧。

讲真，只要经济条件允许，买20万元的包包也是无可厚非的。

Z小姐接着说："名牌包包不仅能提升气质，而且背着出去见客户非常体面，至少不会被人小瞧了。"

我听罢，没有吭声。

Z小姐又说："你别不信，现在的人都是看人下菜碟，如果你浑身上下的行头都很LOW，别人凭什么认可你？"

Z小姐此言不虚，所以我没有反驳。

我得承认，Z小姐说的那款两万元的包包的确漂亮又时尚，我也很喜欢。

可是，我并不认为，两万元的包包能提升气质。

到底什么是气质呢？

有人说，气质是一个人内在涵养或修养的外在体现。

有人说，气质是一个人稳定的风格和气度。

有人说，气质是从内到外的一种内在的人格魅力，是一个人长久的内在修养以及文化素养的一种结合。

有人说，从根本上决定一个人的气质的，是一个人的思想。

这些说法，也许并不规范、严谨，但是至少说明一点，气质不是由名牌包包左右的。

02

Z小姐买了两万元的包包后，衣服、鞋子、化妆品等也统统提升到高逼格。

Z小姐每天打扮得光鲜亮丽，并且自信满满。

她认为，这样一来，一定会得到更多客户的认可，在工作中不仅可以大展拳脚，更会钱途无量。

可是，Z小姐并没有如愿。名牌傍身的Z小姐在工作中并没有获得更多的发展机会，转瞬便进入瓶颈期，后来她只得频频转行。

其实，学识和能力才是Z小姐的短板，可是她却把全部的心思花在了油漆外表上。

林清玄的《生命的化妆》一文中有这样一句话："三流的化妆是脸上的化妆，二流的化妆是精神的化妆，一流的化妆是生命的化妆。"

我们如果太重视脸上的化妆，那么势必会忽略精神和生命的化妆。然而，对于整个人生而言，精神和生命的化妆比脸上的化妆重要得多。

03

C先生通过多年的努力，终于从一个赤贫少年，变成了众人眼里的成功人士。志得意满的他，豪气地买了一辆顶级配置的豪车。他买豪车的理由很简单，回老家探亲可以炫富，出去谈生意可以看起来很富豪。在他看来，有豪车如影随形，必定会被人高看一眼。

可是，现实没有他想象的那般美好。他开着豪车回老家炫富，结果引得亲戚朋友纷纷向他借钱，他躲避不及，狼狈不堪。他开着豪车出去见客户，对方并没有因为他的座驾高逼格，对他另眼相待，而是更加斤斤计较。后来，各方面的合作出现了诸多问题，致使生意越来越惨淡。

他感叹说："以前看人家开豪车，心里羡慕。自己有了才知道，那玩意儿除了赚得几个不相干的人羡慕外，没有带来任何实质性的益处。"

做买卖的时代已经过去，现在需要的是智慧型的企业家。

以前很多人的成功，得益于胆子大，肯吃苦；现在若想坚守住成功，更需要的是智慧和眼光。

智慧和眼光是C先生的短板，然而他在事业小有成绩后，致力于粉饰外表，并没有弥补自己的短板，生意走下坡路自然不足为奇。

04

我们常常会犯跟Z小姐和C先生同样的错误，把工夫全都花在了外表的修饰上，而不是内在的提升上。然而，一个人被认可、被尊重，不是因为TA名牌傍身、豪车随行，而是TA的修养、品格和灵魂。

很多时候，我们容易把气质物化，总认为浑身上下的行头都是奢侈品，必定比穿着朴素者气质高贵。

杨绛先生用她的人生经历告诉我们，事实并非如此。

杨绛先生生前被大家推崇为"国民气质女神"，人们称赞她"气质美如兰，才华馥比仙"。然而，她生活十分朴素，对于物质几乎没有什么要求。她的衣着总是整齐利索，而不是光鲜亮丽。她位于北京三里河的家，室内毫无装饰，地面一直是古旧的水泥地。

杨绛先生虽然过着简朴的生活，却有着高贵的灵魂。她生前，把自己与丈夫钱钟书的稿费全部捐给了清华大学"好读书"奖学金，累计近两千万元。此外，家中所藏珍贵文物字画，全部无偿捐赠中国国家博物馆。这位公认的国民气质女神，没有名牌包包和豪车，却凭借深厚的学养、高尚的品格和高贵的灵魂，得到了世人的推崇和尊敬。

衣着朴素、不施粉黛的杨绛先生，向我们证明了：**真正的高**

贵，不是外表的高贵，而是灵魂的高贵。

真正令人折服的气质，不是人生巅峰时的雍容华贵，而是参透人生后的从容淡定。

05

有的姑娘为了提升自己的气质，真的是煞费苦心，穿贵的衣服，背贵的包包，用贵的化妆品，甚至全身上下动刀。最后，气质没有提升，傲慢世俗的痕迹却日趋明显。

有的男人为了提升自己的层次，真的是与时俱进，抽雪茄，戴名表，开豪车，甚至不断更换漂亮的姑娘。最后，层次没有提升，只是变得越来越老练世故罢了。

服饰、化妆品、整容，虽然能改变女人的外在形象，但是气质靠的是内在修养和文化素养。雪茄、名表、豪车，虽然让男人看起来很高端，但是真正决定层次的是思想和格局。

如果你奢望，通过外在的东西提升气质和层次，你终将会失望。因为，两万元的包包不能提升你的气质，几百万元的豪车也不能让你变得高贵。

我们总是太在意别人的目光和评价，总想得到别人的认可和尊重，于是我们努力粉饰外表，以便给别人留下好印象。结果却往往得不偿失，换来的只是别人不屑一顾的评价——那个没素质的姑娘，那个没品位的男人。

曾国藩说："人之气质，由于天生，很难改变，唯读书则可以变其气质。古之精于相法者，并言读书可以变换骨相。"

要想提升气质，读书是唯一的方法，也是最简单易行的方法。

要想提升层次，读书是最好的方法，也是最直接有效的方法。

我们不必像杨绛先生那样甘守清贫，质朴一生。尘世间渴望拥有的东西，努力获得便可。

只是希望，姑娘们既喜欢名牌包包，也喜欢阅读；男人们既喜欢豪车名表，也喜欢书香。

唯有努力，才配得上拥有更高的人生层次

文 / 木 木

妍是我大学时候的舍友，那年夏天，她爹意外出车祸走了，撇下娘仨，孤苦无依。

她娘本来身子骨就弱，出了这场变故后，身体更是弱不禁风，常常需要卧床养病。大妍8岁、正在上高二的哥哥，毅然承担起家中唯一男人的责任，挑过父亲肩上的重担，决定辍学打工来支撑这个风雨飘摇的家。

妍的娘对这个儿子深感愧疚，因为他那时学习刻苦、成绩优秀，完全可以考上大学，通过上学这条路来改变自己的人生。

她哥干的第一份工作，是给餐厅送泔水。具体要做的事情就是将餐厅里产生的泔水，送到一家养猪场，运输工具是一辆小推车，三个轮的那种。装得满满的泔水，晃晃荡荡，红色的油污夹着各种食物残渣以及无比酸爽的人间烟火味，成为了她哥青春里无比难忘

的回忆。那个清瘦、书卷气的大孩子，身上和手上总是带着泔水的味道。

由于推车技术不熟练，在经过有坑的地方时，经常会溅出红色的油污，还曾经为此与路人产生口舌之争。送泔水的路上，会经过一个工地，那段时间正在热火朝天地施工。

他觉得，在工地上干活，看起来似乎比送泔水好，至少不用每次都担心油污会溅到路人的身上。

后来，他在建筑工地上，推起了小推车，当然，小推车里现在装的是水泥和石头，他再也不用担心装的东西会溅出来，他很开心，干得比以前更带劲了。

可是渐渐地，他发现那些砌墙的人，看起来好像更高级，更有技术含量的样子。

于是，他跟班头申请想去做一个瓦匠。班头见这个小伙子挺伶俐，于是爽快地答应了。

他开始跟着老瓦匠学砌墙，从抹灰饼、找规矩到吊垂直、套方，聪明好学加上踏实肯干，技能提升很快，几个月后就成为一名熟练的瓦匠，他当时有个梦想，通过筑墙的一砖一瓦来筑造自己美好的愿景，那每一块砖头、每一抹灰里都承载着自己的未来。

就这样，他在工地上做了一名筑梦的瓦匠。

然而，很快，他开始发现，那些每天戴着安全帽，拿着图纸到工地查看工程进度的人，好像更牛、更有技术含量的样子，他们不用从事繁重的体力劳动，有比较灵活的休息时间，可以坐在餐厅里进食而不用蹲在路边，而且赚得还更多。

他也想成为其中的一员，但他的想法很快就获得了同他一起砌砖的工友的讥笑："屌样，想那么多好事干熊，还真当自己是天鹅呢，好好砌你的墙吧，哥晚上带你去看片，咱们常去的那家茶房，又来了新片。"说完，脸上绽开猥亵的笑容，露出两排发黄的牙齿，一副只有跟着哥，才会有人带你去爽的优越感。

那晚，这个小伙子第一次失眠了，他既没有跟着工友李去看毛片，也没有跟着工友张去两条街外的纺织厂打量女工。他开始觉得，能够赚到一些钱，并不是他生活的目的，他可以有更多的选择。

他甚至开始慢慢地思考自己的未来，曾经一度觉得同这些大老爷们一起住大通铺，坐在路边咽下馍馍和咸菜，说黄色段子，看毛片，惦记纺织厂的女工，沾着口水数钱就是自己未来生活的方式，但是，也许真的有更好的选择。

第二天，他鼓足勇气来到监理的面前，说自己想学看图纸，不知道能不能收下自己当徒弟，给多少钱不重要。

这位监理已经在工地上跑了二十几年，见过各种粗鄙的汉子，觉得眼前这位青涩的、敢于提出这样要求的小伙子真的很不一样，于是收下了这位毛遂自荐的小伙子当他的助手。

从成为监理的助理那一刻开始，他就陷入疯狂的学习中。

图纸基础，建筑结构，工程造价……下了工就躲到一个角落里学习，有时候会为了搞懂一个问题，问遍工地上的所有工程师。

他越来越获得监理的认可，但是也越来越招来工友的冷嘲热讽，一面嘲笑他癞蛤蟆想吃天鹅肉，一面诋毁他是上面当官的走狗。

工棚里越来越不是能看书的地方，他前脚进屋，立马就有人开始阴阳怪气地喊：

"哟喂，我们的大学生回来了啊！"

"今天是不是又跟那监理提鞋擦屁股了啊！"

"哈哈哈……"

工棚里的人觉得他是"叛徒"，开始孤立他，甚至会乱扔他的东西。

这就相当于，本来大家都是很穷很LOW的，突然有一天有个人不想再又穷又LOW，并且尝试跟大家变得不一样时，立马就会被庸众的口水所淹没，从他们的口中和心里会伸出无数的手想要拉住你，所以他们会对你进行诋毁、嘲讽、孤立，甚至充满谩骂……

他每天晚上只能借助工地上的探灯看书，夏天蚊虫成群，身上常被挠出血淋淋的道子；冬天寒风刺骨，连大腿根部都长满了冻疮。

当年他能在如此艰苦卓绝的环境中生存，我颇感佩服，所以在10年后的一天，我曾打趣地问他："你对自己也太狠了，得有多大的毅力才能在那么恶劣的环境中坚持下来？"

他说："越是努力，就越是觉得睡在充满了各种酸臭味的大通铺，伴着此起彼伏的打鼾声入眠，不是自己想要的生活。"

有时候想想，**努力其实并不需要打鸡血、喝鸡汤，当你走出第一步之后，你走的每一步，都是为了满足自己更好的期待，你只需要顺着自己的期待去走就好了。**

要靠打鸡血才能进行的努力，其实不会是真的在努力。

还有，一定别相信那些诋毁你的努力一文不值的人。

因为，实际上，深藏在诋毁背后的深层次的思维模式是软弱和恐慌，他们担心你的变好，会更加衬托出自己的无能。他们吃不了让自己变好的苦，也不要让你通过努力变好！

所有被千夫所指的困难，其实都是为了淘汰掉懦夫。

10年后，这个对自己狠心的小伙子，最终也没有逃脱待在工地上的命运。

只是，这个小伙子，哦不，这位在当地有名的建筑设计师，已经在当地设计出了很多有名的楼盘，他还是常常待在工地上，但是，他不用再搬砖，也不用再砌墙。他喜欢待在工地上，是因为他喜欢看着自己的设计手稿，一点点变成钢筋水泥、有血有肉的建筑物。

在这10年里，他从监理的小跟班，考了自考本科文凭，考了监理师和建筑师，从设计小项目开始，慢慢地开始接大项目，扎实的技能及独特的见解，让他逐渐成为一个有名的建筑设计师。

当然，他也有了自己宽敞的办公室和两层的精装小洋楼，实现了财务自由，能更好地照顾妈妈和妹妹。

而当年同他一起睡大工棚，嘲讽他妄想吃天鹅肉，诋毁他的努力的那些工友，现在还辗转于不同的工地，继续搬砖和砌墙。

讽刺的是，他们偶尔还会在工地上碰到。

命是弱者的借口，运是强者的谦辞。

在人生这盘游戏中，普通玩家只能被迫选择标准配置，千篇一律、日复一日地重复平庸的自己；而只有高级玩家才有本领选择自定义的配置，他们通过自己的努力，去获得更高的人生层次。

我在好几次演讲中都讲过这个故事，但是并不觉得这是个逆袭的励志故事，只是觉得努力本身并不难，顺着自己内心的期待，一步步往前走就好了。

现在有很多的人，只要看到文章中有"努力"两个字，立马将其定性为烂俗鸡汤，对此嗤之以鼻，不屑一顾。

他们说，洒鸡汤有什么卵用？天赋比努力更重要！

可是，要知道，大多数人的努力程度之低，根本还没有轮到去拼天赋的那一步。

凡是需要打鸡血来激发的努力，都不是真正的努力。

想起《霸王别姬》里面那一句：人都是自己成全自己的！

是啊，人，终归是只有自己才能成全自己。

那一年，郭德纲饿得实在没招了，用BB机换了两个馒头；

余华把小说投遍了全国各个大小刊物，紧接着，接到了来自全国各地的退稿信。但他没有放弃，他继续写，继续投，紧接着他又接二连三地遭到退稿；

艾米纳姆在学校里常常受人欺负，最艰难的是，他是生活在黑人区的一个白人，一天放学回家，他看到一具无名尸体躺在自家门前；

有人对年轻的李宗盛说，你那么丑，也没什么天赋，怎么能唱歌呢？

······

我们每个人都会经历黯淡无光的日子，我们每个人也都有被命运洗牌跌入低谷的时候。

去努力吧，去顺应自己的期待，一步步变成自己期待中的样子。

努力的你，才会拥有权利去选择自定义配置的人生；而唯有你的努力，才配得上拥有更高的人生层次！

与其抱怨路太黑，不如自己点盏灯

文 / 萧萧依凡

01

大刘二十多岁，是一家技术型公司的员工。不过，大刘的岗位和技术无关。他说自己就是给公司技术类员工当保姆的。

的确，不同性质的公司，岗位设置不尽相同，岗位设置重点也不同。在技术型公司，技术类岗位是核心岗位。相对而言，其他岗位重要性弱一些，像是被边缘化了。

对于工作，大刘颇多抱怨。在他眼里，这个岗位百无一用，工作琐碎，收入有限，就业门槛低，不具有挑战性。既攒不下含金量高的经验，又看不到远大的前景。

每次见面，大刘的抱怨就犹如滔滔江水。他的那套说辞，每个人都烂熟于心了。有时，他说完上一句，就有人自然地接下一句。而朋友们的劝解，其实也是不变的说辞：要不然换一份有技术含量的工作，要不然业余去学点什么。

他总是若有所思地点点头，却没有任何行动。再见面时，我们还是能听到他不变的抱怨，鸡零狗碎，一地鸡毛。一个大小伙子，身上竟全是"英雄迟暮"的无奈感。

前段时间，大刘所在的公司裁员，首当其冲的必然是无足轻重的岗位。能不设专人的岗位，最好由其他人身兼数职。能一个人加班加点做完的工作，绝不设置两个人。

大刘所在的部门，被公司大刀阔斧、噼里啪啦一顿裁。整个部门只留下了二分之一不到的人。像大刘这样平时抱怨比工作积极性高的员工，自然被公司"劝退"了。他生气地说，自己要学历有学历，又年轻，凭什么被裁掉？

02

这时，有朋友劝他，句句真理。既然对他而言，不过是鸡肋般的工作，那不如趁此机会，趁着年轻，漫漫前程，杀出一条血路。他两眼一红，眼泪差点涌出来。

他懊恼地说，那份工作虽然有诸多缺点，但有一个他特别看中的优点，那就是朝九晚五，稳定不折腾。工作之余，他可以有很多时间陪女朋友。这几年下来，他和女朋友把这座城市吃喝玩乐的各大场所，早已玩了一遍。

大家继续劝道，事已至此，与其懊悔抱怨，不如赶紧去找工作。他一筹莫展，长叹一口气说，自己以前做的事情，就是一个打杂的。眼下看未来，他真真是眼前漆黑一片。工作几年了，他在工作中只学会了插科打诨，敷衍了事，并没有积累下优秀技能，怎么拼得过人才市场上挥臂前行的精英们？

给他出谋划策的朋友们，顿时陷入了一片沉默。果不其然，大刘一语中的。在近段时间的求职厮杀中，他一次次壮烈"牺牲"。HR问他，英语如何，能不能和外国人对答如流？他老实地摇摇头。拼实力的东西，骗不了人，不诚实又能如何？

好不容易碰到一个与之前工作内容相似的岗位，他装模作样地"胸有成竹"了一番。面试之后，HR给了他一场"简单"的笔试。看到试卷那一瞬，他傻了眼。他从来不知道，自己之前的工作居然涉及这么多的专业知识。从前，他只当那份工作是打杂。他再次溃不成军。

他终于肯承认，自己荒废了太多时光，把前程荒废在抱怨里，荒废在日升日落里。所谓的前程黯淡，其实不过是忘了给自己点盏灯。

03

手里有灯的人，路越走越宽敞，越走越明亮，譬如我的表弟。每当毕业季，每当看到网上"十大最难就业的专业"时，我都会想起表弟。表弟和大刘年龄相当。

几年前，表弟还是个刚参加完高考的稚嫩少年。一贯成绩优秀的表弟，发挥失常，高考成绩不是很理想。报志愿时，他和父亲发生了分歧。好学校差专业，好专业差学校，这对分数不能力压群雄的考生而言，从来都是一道避不开的选择题。

姑父坚持选一个好专业，这才算是给未来做了好铺垫。表弟梗着脖子反驳："我就不信一个专业就决定了我的前途。"表弟倾向于选择心仪的学校。姑父在院子里，吧嗒吧嗒地抽了一夜的烟。表弟心意已决，一夜好梦，时而轻轻打呼，时而在睡梦中呓语，毫无心事，十足一个对未来充满信心的少年！

姑父让我去说服表弟。我故作几分"过来人"的姿态，语重心长地劝道："等你毕业之后，出去找工作时，你就会发现，别人拒绝你的理由里，充分又无可辩驳的一条就是专业不对口。"他轻轻一笑："难道大学4年，我什么都不做，就等着毕业出去找工作？专业我感兴趣，学校我也喜欢。这就是我眼前的最佳选择！"

我一时被堵得说不出话来，无力反驳。表弟终究是遂了自己的心愿，选了一个让家长操心的专业。

令人欣慰的是，毕业时，表弟的工作并没让家里操心。大学里，表弟品学兼优，专业拔尖。他收到的offer很多，其中不乏针对他优异的专业表现发出的邀请。他所学的专业就业难，变得经不起推敲，不攻自破。

04

表弟得意地告诉姑父，当初自己的选择没错。"炫耀"完之后，他郑重地表示，他拒绝了所有的工作邀请，选择了一个新兴行业，要去创业。所有人又是一惊。那个行业和他的专业并无瓜葛。他淡然一笑，在大学里他早就关注了这个动态，自学了相关知识。

现在，表弟在自己选择的道路上，越走越顺畅，如鱼得水。我特别相信，即使有一天，这个行业的红利期过去了，他依然会有另外的路可以走。手持一盏灯的人，未来永远不会漆黑一片。

这世间，每个人眼前的路各不相同。有的是康庄大道，前方金光灿灿；有的路看似平坦，却没有未来；有的路抬头即见坎坷，路的尽头难辨光明与黑暗。毋庸置疑，眼前的路都是由昨日的言行铸就。每条路都有前尘往事，都由自己一手铺设。

鲁迅先生说过："世上本没有路，走的人多了，也便成了路。"时至今日，我们应该明白，走的人多的路，不一定有属于自己的未来。没人走的路，不一定就前途渺茫。眼下的坦途也未必前程无忧。

无论是怎样的路，抱怨都会成为路障。抱怨是不断吹熄前进途中光明的恶风。只顾抱怨却不懂得认真铺路的人，哪怕拿了一手好牌，依然打不出一个春天。不抱怨的人，往往能化腐朽为神奇，一步步走出光明坦途。

我们应该学会享受当下，却也不忘未雨绸缪。比眼前的路更重要的是，人生时刻在修炼。心中若有灯，哪里都是路，未来才光明。

二十几岁要跳的坑，
不要留到三十岁

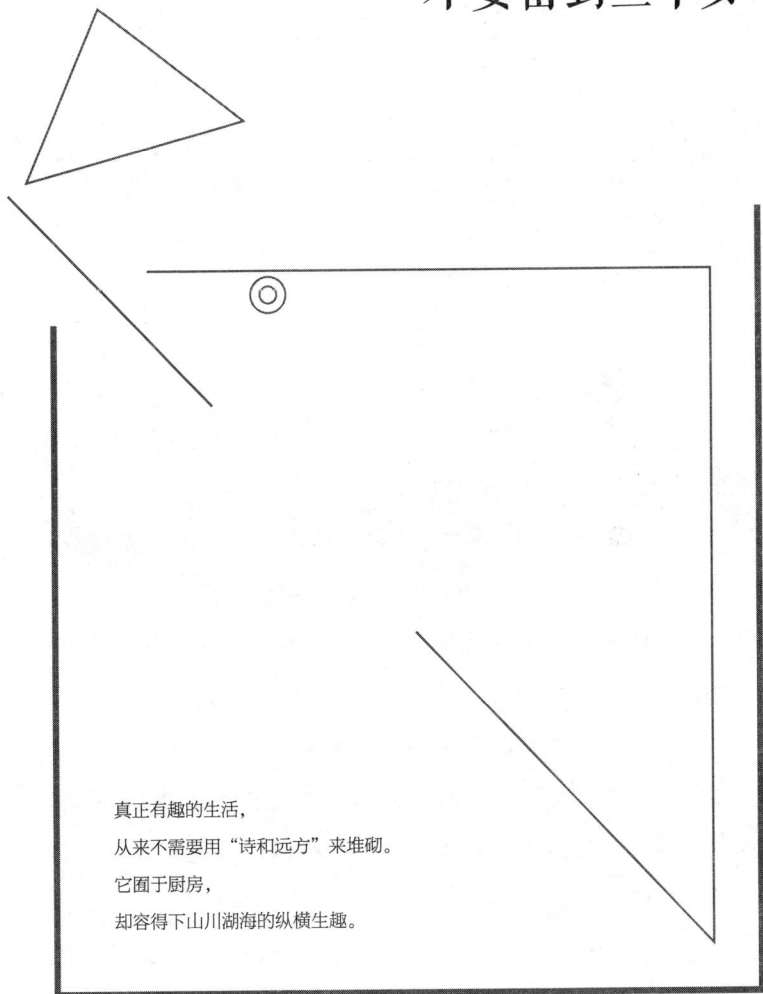

真正有趣的生活，

从来不需要用"诗和远方"来堆砌。

它囿于厨房，

却容得下山川湖海的纵横生趣。

你的人生有多少可能性

文 / 宋小君

一个女孩向我提出了一个问题，大致是，她在大城市工作了3年，时至今日，工资仍旧没有赶上自己的房租和花销，每逢节假日，自己一个人待着，又常常觉得孤单。

加上父母又催促，与其在大城市受苦，不如回到老家找份工作，在父母眼皮底下，朋友也多些，何必在外面受苦。

女孩想给自己找一个留在大城市的理由，但找来找去又似乎没有找到。

关于"生活的意义"这件事，在女孩身上可以具体为"在大城市工作生活的意义"。这种意义有时候对我们这些漂泊在一线城市的人来说，就是某种支撑，支撑着我们和糟糕的室友合租，在地铁上挤爆早餐奶，精打细算着过到每个月30号，逢年过节回家，硬撑着给亲戚朋友们的孩子发红包，被问及在大城市过得怎么样，只能一个劲儿说好。

去探讨"意义"这种事，说来说去，就会让人觉得虚无。我不知道写一篇文章，喝一碗鸡汤，能不能为女孩当下的处境提供解决方案，但我想起，自己遭遇过同样的困境，我仔细回忆了一下。

我大学毕业的时候，面临两个选择：

一个是回青岛老家，跟父母做生意。父母的生意在本地小有起色，有了基础，就算我做不成一个开疆扩土的大帝，也好歹做个守成之君。我回到家，有车有房有人照顾，会过得很舒服；另一个则是我一个人离乡背井，去上海，做一份月薪3000元的工作，那里一片未知，几乎没有一个朋友。

我年轻气盛，当然是选择离家去远方了，我心中可是有一个完整的诗意世界。

第一年，心中坦荡荡，凡事都新鲜，少年心境，根本不知道什么叫苦。

第二年，工资有略微上升，依然不够花，想要满足一下自己的口腹之欲，要先看看钱包。看着同学们在老家混得越来越好，同龄人这个创业了，那个拿到A轮了，这个火了，那个已经爬升到需要我仰望的高度了。而自己还在格子间里低头看稿子，在合租屋里盖着被子想姑娘。周五下班后的黄昏，路上车水马龙，那就是我怀疑人生的时刻。

没有人知道我还要多久才能混出头，不说混出头吧，至少先实现经济上的自由吧。

我就像一只靠着血气之勇猛闯迷宫的小老鼠，没有上帝视角，分不清哪个拐角是坦途，哪个拐角是死路，只能硬撑着，好在还年轻。

第三年，工资再一次微调，对不起，一夜暴富的可能性不存在，收入仍旧没有起色，滚滚红尘和我没关系，我只是大城市里众多寂寞灵魂中的一个。无论从哪个层面上来说，混到第三年，自己似乎都一无是处。

又是一个周五后下班的黄昏，面对着路上的车水马龙，我动摇了……要不就回家吧。

回家多好，至少能在父母打拼半生的基础上开始建筑，说不定，用我学到的那些还不知道能不能派上用场的知识，那些这几年在大城市所谓的见识，把家里的生意做得更大一点，到时候大小也是个老板。

于是，我想象了一番我回到老家之后的整个人生。

我做着我爸喜欢，但我不喜欢的生意，每天和机械、装饰材料、不锈钢打交道，和客户讨价还价，去讨要工程款，对我自己的员工负责，给他们更好的福利待遇。

空闲时间，我可以继续我自己的爱好，我在办公室里，看看书，写写东西。看的书可能很多都是畅销书，写的东西可能大都是一些牢骚。

然后，到了年纪，按照"男大当婚"的规矩，我要开始考虑婚姻大事。朋友圈有限，初恋已经结婚，大学时喜欢的女孩远在他乡。那怎么办？自己谈不到合适的，就别怪父母操心了。

于是我相亲，动用几乎所有的宗族关系网，包括来推销保险的小张，客户刚刚毕业的女儿，同学婚礼上同学老婆给介绍的闺密。

遇到真爱是小概率事件，挑肥拣瘦，亲戚们还会觉得你不靠谱，父母又天天催促，终于有一个还算不错的，一咬牙一跺脚，行啊，那就将就着吧，不敢说多喜欢，至少不讨厌，10年后，色相没了都一样。

然后结了婚，以迅雷不及掩耳之势生了孩子，然后身体发了福，操持着生意，养活孩子，操心孩子的学业。

当然心里还是有个远方了，想要写作，但孩子早上要早起上学，晚上要辅导功课，家里有柴米油盐。

努力把这些事情办好，男人嘛，还能被这些小事情难倒了？深夜给老婆交完了公粮，觉得自己荷尔蒙越来越少，想要坐在台灯下写点什么，一肚子东西要写，但真下笔了，好像又不知道要写点什么。

终于，琐事萦怀，人还是得务实，放弃了，不写了，把自己毕生的梦想寄托在孩子身上。

我看到了自己的后半生，不能说惨，甚至可以说已经是不错的生活，但我活得并不开心。

我自然忍不住想，我来大城市是为什么来的？

我想了想，我还是一个有追求的青年，我想做一个作家，想靠写作养活自己，想靠写作把事业做成一个局面。

我出来工作了3年，很努力，但是没有人承诺你，到第几年你的事业会有起色，到哪一天你的另一半会突然投怀送抱。

实现理想这种事情，毕竟不是线性的，不一定跟时间成正比。

西方有句谚语说，没有一滴雨会认为自己造成了洪水。

都以为这是一个带着贬义的说法，但我不这么觉得，我反而觉得，这样的说法里藏着某种可能性。

在这个世界上，我们会普遍认为，我就是一滴雨，洪水那么大的事儿跟我有什么关系呢？但仔细想想，每一滴雨水还真都是洪水的组成部分。

拳法之中有个词叫"蓄势"，通俗一点来说叫"憋"，当然憋久了也可能憋坏了，不一定就能引起大洪水，但是不憋，则完全失去了破坏的可能性。

其实，我们努力的因为，生活的意义，并不是虚无缥缈的东西，说穿了就是，通过自己的坚持和努力，给生活多造成一些可能性。

这种可能性的珍贵之处，就是在于它的不确定性，你一眼看过去，看不到30年后的自己，也不知道自己是把世界变得更好了，还是更坏了，甚至不知道多年以后你回忆起自己的决定会不会后悔。

但未知的可能性包含了许多，成了，我应得的；不成，至少我试过了。

所以，第三年我没有离开上海，我选择了留下来。没有什么多高尚的理由，我就是看到了当初要是回老家之后，30年后的自己，过着怎样的生活。

那不是我想要的。

我们漂在大城市，去还是留，关键还是在于自己想要什么样的生活。

留下，不一定值得敬佩。

离开，也未必就是妥协。

做一滴雨有一滴雨的快乐，做万分之一的洪水，有做万分之一洪水的快感。

人生这种私人物品，可以听大多数人的意见，但一定要自己做决定。

问问自己，是想要安稳舒服的人生，还是想要更多的可能性吧。

先不说了，我要去冲垮下一座挡路的山峰了。

长得漂亮，不如活得漂亮

文/沐 儿

01 气场，比漂亮更有引力

毕业5周年聚会，沙沙静静地坐在一个角落里，即使不说话，我仍然能感觉到她强大的气场。

她的穿着打扮，雅致中透着不俗的气质。

既端庄时尚，又不让人觉得奢靡张扬，特别适合同学聚会这种场合。

沙沙跟我，是从高中到大学的同学。

高中的时候，她因为长相普通，从来没有收到过情书。她好像也不在意，淡定地学习，大大方方看着我们窃窃私语，谁有人追了，谁跟谁在一起了。

大学的时候，沙沙仍然完全不惹眼。她的家庭条件，跟她的长相一样普通。

我们几个好友呼朋引伴地约着去吃火锅、去K歌、去逛街的时候，她总是默默地待在宿舍里，整理衣柜，扫除，或是捧一本书，拧亮台灯，一看就是一下午。

在我几个好朋友的眼里，沙沙就是个讨人喜欢的灰姑娘，不争宠，不傲娇。

在她们心底里（也包括我），从来不会想到，5年后的聚会上，沙沙会大放异彩，成为最耀眼的那个姑娘。

你注意到沙沙了吗？她的包包，就是我一直想要还没舍得买的那款诶。还有她穿的鞋子，不知道是不是什么牌子的限量款，市面上根本没见过。

在洗手间，好友终于有机会说出她心中的困惑。真没想到，沙沙现在气质这么好。这些衣服穿在她身上，简直是相得益彰。

我这个朋友，当初是班里的班花，可今晚竟然被沙沙比了下去。她是个急脾气，竹筒倒豆子，一口气把前半场聚会一直困扰她的问题跟我倾诉了出来。

我说，可不，沙沙就是只潜力股。她那些年泡的图书馆，就着宿舍小台灯看的书，以及后来职场上的打拼，成就了今天的她。沙沙如今是一家大公司的HR。她的气场，是自信的光芒，也是宠辱不惊的淡定。

那天晚上，我最大的感触就是：漂亮，真的是花瓶一样的东西。比漂亮更重要的，是气场的强大。

02 长得漂亮不是你的功劳，活得漂亮才是

一个小姑娘，从小就被人夸漂亮，难免就沾沾自喜起来。不管是在学校里，还是跟小伙伴玩，总觉得自己是中心，什么事都得根据自己的心意来。长大一些，因为漂亮，她们会得到更多男生的殷勤，出门办事，也会更顺利，甚至毕业找工作，都要比一般女生容易一些。

漂亮确实有很多好处，但是，姑娘们心里要清楚，长得漂亮，不是你的功劳。爹妈遗传给了你好的基因，你应该感激他们。

活得漂亮，才是你为自己的人生负责。

我虽然不相信"红颜薄命"这个词，但现代社会里，仍有许多姑娘，因了红颜，沾了祸水。

比如，因为漂亮被众多男生追求，无心学习，后来辍学，太早混入社会的；比如因为漂亮被人包养却又被始乱终弃的。

王菲、范冰冰、刘涛、章子怡都是既长得漂亮又活得漂亮的典范。

她们有自己的事业，自己的生活自己做主，舆论也好偏见也好，无法左右她们的选择。

关于爱情，章子怡说："一定要尊重自己的内心，只要觉得对就去做吧，因为人活一次，想太多会太累，要为自己而活。"所以，你看她的爱情，从霍启山到美国人Vivi，再到与汪峰相恋。她

总是会大方地将恋情公之于众，从不听流言蜚语，不左右猜疑，只求自己活得洒脱真实。

在演艺事业上，章子怡精益求精："我太在乎了，希望自己做得好，而且我觉得我的确可以做得更好。"对于生活，章子怡的观点是："所有的经历都是用来回忆的，而不是用来后悔的。"

努力、自信、跟随自己的心、追求自己的幸福，这样才能活得"我行我素"，最终过上自己想要的生活。

03 比漂亮更重要的，是内涵

漂亮让人垂涎，智慧让人刮目相看。

没有内涵和灵魂，即使长得漂亮也是无趣的。

奥巴马的妻子米歇尔，长得算不上怎么漂亮，但她绝对是个智慧的女人。

我曾看过米歇尔在奥巴马就任之初，关于教育问题发表的演讲，深深被震撼。这是一个有爱心、有远见、有学识、有能力的第一夫人。

几天前，奥巴马在芝加哥的告别演讲中，提到米歇尔的时候，深情落泪。在台上，他仅仅是刚刚说出了"米歇尔"这个名字，就引起了台下如雷的掌声和欢呼。

听众在站在台下的米歇尔附近自发围成了圆圈，用掌声向这位第一夫人致意。

我那来自南方的女孩，在过去的25年中，你不仅仅是我的妻子和孩子们的母亲，还是我最好的朋友。你凭借自己的优雅、风度、勇气和幽默，出色地完成了一个你本来没有被要求的角色。

奥巴马对米歇尔的感激，字里行间真情流露。

一个圆满的家庭、一个欣赏自己的丈夫，还有美国民众的拥戴，米歇尔算是活得最漂亮的女人之一了吧。

且不说名人，我们普通女子，不管长相如何，也都可以丰富自己的内涵，活成自己想要的样子。

04 如何提升内涵，活得漂漂亮亮?

努力工作，培养爱好。读万卷书，行万里路，经万件事。

工作是我们的立身之本，它带给我们的，不仅仅是经济收益，更是自己生活的圈子。

很多女孩，在嫁入比较富裕的家庭之后，放弃工作，全职做起家庭主妇，享受起生活来。这样未必就不可以，但却需要承担风险：一旦婚姻亮起红灯，家庭分崩瓦解，女人的精神支柱会一下子崩塌，没有了可以疗伤的角落。

我总觉得，一个人的生活，应该是由家庭、孩子、工作、爱好、圈子这几个部分组成。每一部分，都有它的意义。恩爱的时候，你未必会体会到，但若是被爱的人伤害，你一定会明白，有工作，有同事，对你有多重要。

爱好，其实关乎我们的生活情趣。

活得漂亮的女人，一定是有自己的兴趣爱好的。

兴趣广泛也好，专而精也好，都让我们的生活更丰富，心情更愉悦。

爱好让你的生活更立体，情绪更饱满。

读万卷书，腹有诗书气自华。读书多的人，更豁达，遇事不钻牛角尖，凡事更多地站在对方立场去想问题。

读书也跟行万里路、经万件事一样，可以开阔眼界。

你若是有看过世界名画的眼睛，听过贝多芬交响曲的耳朵，到达过埃及金字塔的双脚，你的见识，一定跟囿于某个小天地的时候大不相同。

阅历丰富了，境界也就打开了。一个有思想有见识的人，才能恬淡地面对生活中的一地鸡毛，将简单的日子，过出滋味来。

小时候，特别羡慕别人长得漂亮。可是现在，我只羡慕活得漂亮的人。欣赏沙沙那样的女生，自信自强，让所有人看到她的光芒。

二十几岁要跳的坑，不要留到三十岁

文/北 北

现在要走的弯路，不要留到以后。

01

前段时间看了一个视频，标题是："毕业一年了，你过得怎么样？"

虽然还没有毕业，但是还是点进去看了一下，我知道没有感同身受，但是还是想看看别人毕业后的生活，想看看自己毕业一年后将是什么模样。

有人说，那时候没钱了，只能和室友一起每天晚上回来吃白粥；有人说，那时候生病了，不敢和家人说；还有人说，已经不记得熬了多少夜，第二天还是要顶着黑眼圈活力四射地去上班。

看到这里的时候，就会一阵心疼，就像是在心疼以后的自己，比心疼过去的自己更加真实。

可能成长就是有勇气去接受最真实的自己。不管是挫败的自己还是完美的自己。

但是我们总有一段时间，总是愿意去走很多很多的弯路，经历很多的磨难，哪怕把自己打击得七零八落还是要不断地折腾，因为我们觉得还可以变成更好的自己。

02

有一个朋友，20岁出头的时候，人生中的第一份工作是听从父母的安排去选的，而这份工作是当地农村特别受欢迎的工作。

工作是村里人都很眼红的，工资算是高薪，但是每天工作时间很长，而且没有固定的休息时间，没有任何福利，这就和工厂里的工作相差无几，挣的每一分钱都是自己花费时间做出来的。

人好像都是可以自动忽略掉别人痛苦的一面，把所有的重点都放在了别人光彩的一面上。

这是很公平的，就是实实在在的按劳分配，只是工作太辛苦了。

更让人绝望的是，这样的工作是每天十几小时在盯着手头的事，生活没有惊喜没有期待。遇不到新的人，遇不到新的故事。日复一日的生活，甚至可以看到四五十岁以后的模样。

我实在觉得没有期待的生活太可怕了。

后来朋友打算换工作了，这次不是去做父母心中满意的工作，她想要生活变得有一点点不一样。

朋友说，生活的意义好像不是去做别人艳羡的工作，不是去遵从别人的安排，现在就二十几岁，真的该做一些自己喜欢的事，做一些二十几岁应该做的选择。

毫无疑问，父母帮助选择了，却还是一万个不放心。他们总觉得女儿刚换一个环境，遇到的困难会很多，所以就再联系三姑四婆到处张罗，既希望找一个工资高，可以够孩子生活，而且还不会很差，不会太累，不用像以前一样，每天要熬到深夜，拿健康和体力去拼来的所谓高薪工作，还希望未来退休了，生活能有保障。

但是对于一个没有什么工作经验，学历又没有那么让人眼前一亮的女孩，去找这样要求的工作，真的不会太容易。

我一直深信，所有的生活经验都来自实践中，不多跳几个坑，身上不沾一点泥土的人，是无法接地气，也很难融入现有的生活环境里的，更多的是现在要跳的坑留到了未来还是要跳，那时候反而会觉得更有压力。

试想我们30岁了，可能上有老下有小了，很多早该跳的坑还没跳，早该懂的道理还没懂，那才是生活最悲哀的地方。

30岁才开始意识到生活的艰难，身上责任的重大，30岁才开始意识到未来不仅要去走好自己的路，还要为孩子的人生步步为营，不能让他们输在起跑线。

自己却依旧是一个没有断奶的孩子，遇到一点挫折就手足无措，生活永远都生活在慌乱中，这样的人生想起来都觉得可怕。

03

雯雯是一所普通大学毕业的，没有背景，没有家庭的支持，所以毕业后就跟失业一样重新去开始。

找工作，面试，培训，每一步都是自己一个人。

我记得她给我看过一组照片，题目是：一群人穿着军装培训的时候。她跟我说，公司培训的时候，就跟部队里差不多，要求特别严格，每一项任务不会因为你是女孩子而降低标准，也不会因为你瘦小、身体虚弱就可以放松要求。

但是他们培训结业的时候，依旧是原公司的人。因为这不是大学军训，装个头疼脚疼肚子疼的还可以休息一下，也不会因为女生撒娇就可以躲在树荫下。

这对他们来说，都是人生中的第一份工作，轻易服输的人，就是在自己人生路上开始妥协。

这不是你说了一万遍的减肥，最后只是停留在口号，这个培训也不是为了拍几张照片，而是真正的需要把身体素质提上去，才能迎接未来的生活，所以每个人都一改学校的书生气，一改娇生惯养的公主病，每个人都倔强得像个大人，真正意义上的大人。

后来的工作中依旧是这样，雯雯什么事情都咬牙坚持，在和她一起的时候，她总是能教会我许多，不仅是人生道理，还有生活技巧，还有一些生活中的小窍门。

包括什么样的信息可能是骗人的，怎么说话的人可能不怀好意，或者是你应该怎么去选择一份工作。

很多东西，真的是你看再多的书也学习掌握不了的，你永远不知道，一个小姑娘是经历了多少磨难，上过多少次当，才能深谙生活不易，才能一眼识破生活中那些不怀好意的人。

04

我们总是能像打了鸡血一样给自己制订各种计划，想着要变成什么样子，做什么样的人，但是遇到了一点困难就会想着放弃，会让自己找到很多理由放弃，最后自己都相信了一切是理所当然。

小乐快毕业了，一边焦虑不安，一边信心满满，所以对未来既迷茫又充满期待。

她觉得大四是个分水岭，把自己变得完美是一件重要得再重要不过的事，所以健身、旅游、学化妆，还动用了自己熟悉的人，找到了幼儿园的实习。

在幼儿园实习的时候，她发现并不像自己想象的轻松，每天要像打了鸡血一样对着一群很吵闹的孩子，不能有什么情绪，更要有100分的耐心去面对孩子问不完的"为什么"。

吃饭睡觉上课都要和孩子在一起，基本上没有什么自己私人的时间，就连午睡的时候，也不能安稳地睡一觉，所以很多时候她是觉得有些绝望的，尤其是连基本的睡眠都不能保证的时候。

很多人会觉得幼师只是需要每天陪着孩子玩，是特别轻松又没有技术含量的工作。

在那里待了一天，才发现每一份工作都不容易，哪怕这是她曾经特别向往的地方，孩子的童真，简单的环境，都觉得特别具有诱惑，但是一天被孩子吵得休息不好，她一下子觉得有些崩溃。

她开始特别后悔自己的选择，最后觉得在这个行业一分一秒都不想多待。

很多时候都是这样，越是期待的东西，和自己想象的稍微有些落差，就会感觉像是受到了巨大的欺骗。

但正是要经过很多很多这样的挫折和失落，你才可以跳出自己的象牙塔。困苦经受多了的人，就不会很脆弱，就有勇气去面对世界袭面而来的恶意，并可以用深深的善意来爱这个世界。

如果我们注定要经历很多坎坷，注定会掉进很多坑里，只给你一个选择那些磨难出现的时间，你会选择什么时候呢？

年轻力壮，有勇气有能力接受一切挫败，也有从头再来的能力，那么这时候你又何必逃呢？

暮年将至，就应该是看透了世事沧桑，在跳过了一个又一个坑后的坦然，所以啊，那些该跳的坑逃不掉，二十多岁该跳的坑，不要留到三十多岁，那时候我们需要有更多的阅历来看人生啊。

年轻人，你为什么老觉得没意思？

文 / 文 浅

01

前几天，我跟团队的几个小伙伴去市区不远的一个景区游览。

我们报了一个团，有专车接送，一上车大家就开始睡觉。车开了一会儿，又有一群人上车，很明显，他们是一个公司的组团游。

这是一群三四十岁以上的工作人士，他们的脸上洋溢着止不住的笑容，每个人都兴高采烈的样子，与我们这群安静地玩手机，或假寐的二十几岁的年轻人形成了鲜明的对比。

由于我们先上车，坐了中间的一段位置，他们公司的人自然坐在了车的头尾。

导游很尽职，开始用游戏尝试着活跃气氛。先是传东西的游戏，导游看我们这些年轻人不怎么愿意配合，气氛已然变得尴尬起来。后来他又想出"一只青蛙，一张嘴，两只眼睛，四条腿"，以此递增接龙的游戏。

我觉得没意思，甚至是有点幼稚。

看着跟我一起来的小伙伴，都在睡觉，或者说假装在睡觉，我开始出现了一种幸灾乐祸的心理，看看他们要怎么玩这个游戏。

果然，当接龙传递到我的一个小伙伴时，因为他在睡觉，就跳过了他。接着也必须跳过后面连续几个同行小伙伴，当到了对方公司的人时，已经忘了说到几只青蛙了。

游戏艰难地进行到我的位置，因为我没有在睡觉，所有人都认为我会玩游戏，但是我偏偏说了句："我不想玩。"我看到导游的脸瞬间沮丧下来，后来游戏也就不欢而散了。

车上出现了长久的沉默，我突然觉得因为自己的没意思，可能影响了一群人的兴致。

也因为我们觉得没意思而否定了别人的有意思，而有些莫名的不安与愧疚。

没意思，我们的生活中越来越多对一些事情的评价开始出现这种负面的情绪。不想参加，我们的日常越来越多用这句话把自己隔绝开来。

其实，当那些对世界的不喜欢已经可以溢出来，形成海洋时，自己也就被困在了绝望的孤岛上。

02

生活什么时候将成为一口枯井？当你对这个世界都没有欲望的

时候。

你何时开始对生活产生厌世感？当你觉得没意思的时候。

到达景区的我们，发现这个地方收不到信号，有人开始焦急起来，游玩似乎也开始变得索然无味，上午的闲逛匆匆结束，有人已经迫不及待地想离开这个地方。

很不幸的是，送我们回去的大巴，下午4点后才会出发。这个时候，我突然听到有人说，真没意思，早知道不来了，在家里吹着空调玩着游戏多爽。

大家开始躁动起来，有人在策划要不要打车回去。还有人在玩着手机里不用联网的单机游戏，对着青山绿水玩得正嗨。

一群二十几岁的年轻人，为什么会这么没有活力？一个原本是来散心的团队，为什么总是觉得没意思？一个没有信号的景区，为什么宁可在路边玩不能上网的手机，也不愿意好好走走？

其实，年轻人，别老觉得没意思，不然你会成为没意思的中年人，没意思的老年人。

大学的暑假，我在当地一个补习机构当老师，班上有三十几个初中的孩子。他们很顽皮，上课经常说话，我不得不提高声音说话，这也导致我整个暑假声音基本上都是沙哑的状态。

有时候上课上得身心俱疲，但看到他们很努力学习、努力做笔记，甚至是很想回答问题时那跃跃欲试的样子，让我觉得只要他们在学习中能够获得快乐，再累我也能感到一丝高兴。

但是有一个孩子，他永远是坐在教室的最后一个位置，每次上课，他都趴在桌上，低着头，在睡觉，用无声的语言对我进行一场独自的反抗。

看着他洁白的笔记本，我很确信他完全没有在听课，我轻轻地告诉他，要记得做笔记。

他看了我一眼说："没意思，我一点都不想读书，补习也是我妈妈逼我来的，她说如果我不来就没收我的手机。"

我震惊于一个十二三岁的孩子，即对世界有这么明显的态度评价，这么容易就说学习没意思、生活没意思的话。

有时我在想，如果孩子的父母告诉他，上课是多么有意思，班级的小伙伴是多么有趣……

用诸如此类进行鼓励的话来取代逼迫的方式，那么他是否会尝试着敞开自己的心扉，去接触真实的世界？

培养一个热爱生活，认为生活有意思的小孩，那么世界上又会少一个没意思的大人。对孩子的兴趣培养，让他保持一颗开朗童真的心，甚至比学习好还要重要得多。

03

年轻人，你会不会觉得很多时候没意思？

出去吃饭有什么意思？有可能不好吃又不卫生。出去玩有什么意思？又累又赶的。看书有什么意思？哪有玩游戏来得爽。学习有什么意思？不学习照样可以赚大钱。学数学有什么意思？除了买个菜的时候，其他时候用得上吗？

没意思！没意思！没意思！都是没意思，这个世界真没意思。

然后这些人开始变得懒散、迟钝、不善言语、不好动、冷淡，久而久之，就变成了一个没意思的大人。

我一直在想，我们小时候是一群没有手机、没有电脑，一起去河里抓个螃蟹、爬个山就觉得有意思的小孩，为什么长大后变成一群没意思的大人？

究其原因，我想是因为我们花了太多时间在社交媒体、手机、电脑以及网络上。

少接触一些网络，多接触一些真实，少一些挑剔，多一些理解。

你会发现与一群陌生人玩一些幼儿园般幼稚的游戏，也颇为有趣；在没有网络的青山绿水中，不玩手机，多看看身边的人和那绿得能渗出水的叶子，也是一种情趣。

在单纯时代的少年，背着小书包在学堂收获书籍给予的智慧，也是格外有意思。

不要忘了，生活不是因为你开心才会笑，其实是你笑了你就会开心。

不要老说没意思，不要老是觉得没兴趣。

我们的世界太有意思了，只要你静下心来，认真去聆听。

记住，你有意思了，世界就有意思了。

什么才是真正有趣的生活

文 / 萧萧依凡

01

一个朋友说，感觉日子越过越没劲，对什么都提不起兴趣。

工作无趣，日复一日尽是重复。吃饭无趣，一天三顿味同嚼蜡。周末无趣，看书或娱乐都没精神。他甚至没办法完整地看完一部电影，听完一首歌。

我百思不得其解，问他为什么。他满脸无奈地回答，因为觉得没意思啊。

他问我，是不是应该来一场说走就走的旅行，激活一下人生。

据我所知，他最近的一次旅行是在20天以前。他旅行回来之后，倒头睡了一天。睡醒之后，他跟大家说，旅行实在是太无聊了。上车睡觉，下车拍照。一车人死气沉沉。

其实，身边觉得日子过得没意思的，大有人在。看着一张张写着"生无可恋"的脸，我们不得不在心底感叹，能把日子过得有趣，确实不是一件容易的事情。

那些能在凡常光景里把日子过得妙趣横生的人，都是天赋异禀的高手。

几年前，在北京，我曾偶遇过这样一个高手。

这个懂生活的高手不过是一个20岁出头的大男孩。他是暑期到北京打工的大学生。当时他打工的餐馆离天安门不远。餐馆不大，他既负责点菜，也负责上菜，忙得不亦乐乎。

我看到他时，他正在跟一个外国人连说带比画地"聊天"。大约是那个法国人在跟他咨询一道菜。

法国人懂一点点英语和汉语，而他完全不懂法语，英语也不是特别好。于是，两个人就这样英语和汉语掺杂着，"手舞足蹈"地用两国语言交流中国菜谱。

他推荐的菜居然很合法国人的口味。法国人离开时，给他竖了个大拇指。

他则热情地将法国人送到门口，顺带着连说带比画地给人家指了路，推荐了景点。

他过来上菜时，我忍不住笑话他，难道不怕给人家指错了路，丢了中国人的脸？

他夸张地大笑，拉长了腔调说："怎么会？我外语说得这么好，表演得这么形象，交际能力这么强，怎么会丢国人的脸？"

他说他在这里遇见过很多不同国家的人，早已练就了和各国人打交道的本事。

02

我问他："你每天都过得这么妙趣横生吗？"

当时，他在那家餐馆打工已一月有余。我猜想这么枯燥的工作应该早已让人心生厌烦。

他挠挠头，说："妙不妙，我就不知道了，反正每天都很有趣。"就连他刚到北京最落魄的时候，他也觉得极其有趣。

他刚到北京的第一个晚上，钱包就被偷了。

当时他身无分文，晚上住在地下通道里。下过雨的深夜，地下通道里有冷风吹过，他感觉到几分寒意。

于是，难以入眠的他，和几个流浪汉在通道里打了一个晚上的扑克。

他说，几个陌生人，不问来处，不问去向，就这样打了一个晚上的扑克，天很快就亮了。然后，他继续上路，去找一份安身的工作。

暑期工没那么难找，他用了一天的时间就找到了这家餐馆。老板包吃包住，工资全是净收入。

每周的休息日，他就拿着地图在北京各处转悠，跟旅游一般惬意，他说着说着眼睛就笑成了一条线。

他故意用一口老北京的腔调，发音准确无比。这是他跟餐馆周边的北京大妈大爷们学来的。他说，餐馆附近住着一对老夫妇，很有趣的一对老人家。

大妈是个热心肠，爱找人聊天儿，平时没事爱去当志愿者，给人指指路，帮忙维护维护公交秩序。

大爷是个退休工程师，喜欢安静，常一个人写毛笔字。两个人偶尔拌起嘴来，极其有趣。大妈妙语连珠，大爷说不过大妈，脸涨得通红。

那对老夫妇都喜欢他。大妈喜欢找他聊天儿，大爷喜欢教他看图纸，偶尔来兴致了还约他一起观园。一个月的时间，他已经成了北京通。

他短短几句话，就让我对那对老人家生起了无尽的兴趣。

在他眼里，似乎满世界都是好玩的不得了的事情。仅仅是简单一番交谈，你就能轻易地感觉到，他活得特别带劲，生机勃勃的。

若不是他普通到甚至有些寒酸的衣着，看着他这副悠然享受的模样，我会误以为他是个出来体验生活的有钱人家的孩子。

这大概就是罗莎琳·德卡斯奥所说的：

对于那些内心充溢快乐的人而言，所有的过程都是美妙的。

03

人生的确需要时时激活，却并不有赖于惊天动地的大事件。生活真正的趣味都融于日常小事中。

那些波澜壮阔的大事件，顶多只能起到一针强心剂的作用。短暂的疗效之后，一切又将归于平常。所以，真正有趣的人生一定是生根发芽于寻常光景。

很多卓越的人拥有着不平凡的一生，但有趣的生活依然源于日常琐事。杨绛先生的《我们仨》一书，更能让人体味到这一点。

记得读这本书之前，我猜测，里面记录的大抵应该是波澜壮阔的一生，就好似普通人心心念念的"诗和远方"。

然而，让我笑中带泪，泪水涌出之后又很快笑出声的，真的只是一些温馨的"鸡毛蒜皮"。这些日常里面包含着说不尽的世间乐趣，让人回味不断，绵长悠久。

杨绛先生记录一家三口爱去动物园，把各种动物的习性和秉性写得惟妙惟肖。

关于大象，她写道：

更聪明的是聪明不外露的大象……母象会用鼻子把拴住前脚的铁圈脱下，然后把长鼻子靠在围栏上，满脸得意地笑。饲养员发现它脱下铁圈，就再给套上。它并不反抗，但一会儿又脱下了，好像故意在逗那饲养员呢。

一家人一起去吃馆子，钱先生近视眼，但"耳聪"，阿瑗耳聪目明，他们总能发现其他桌的客人正在上演着怎样的故事。

所以，他们一家人吃馆子是连着看戏的。吃完之后，有的戏已下场，有的戏正酣，有的戏刚开场。就连他们一起去熟悉的公园散步，也是充满乐趣的"探险"。

即使是在造化弄人的特殊时刻，杨绛先生的笔下依然充满着日常的生动有趣。

每一个情节都是那么饱满，有光芒。掩卷之际，我也明白了，之所以钱先生能留下《围城》等文学巨著，正是因为和杨绛先生一起，参透了这日常生活里的寻常乐趣。

这种来自日常的有趣，才是真正而持久的有趣，深入骨髓。

04

觉得生活无趣的时候，不要总想着到了佛罗里达的棕榈海滩生活从此就变得有趣，不要总以为到了非洲好望角日子就会给你打开一个豁然开朗的突破口。

内心若了然无趣，哪里都漆黑一片。很多在路上的人，不是因为在路上才变得有趣，而是出发前就深谙生活的乐趣。

我们应该审视一下自己，审视一下身边的人来人往，试着换个角度重新对待自己的生活。

见了面从来不打招呼的那个邻居，你试着给她一个微笑；公司周边新开的那家餐馆，你约三五同事一起品尝。

哪一样都寻常，哪一样都有趣且耐人寻味，抵得过"诗和远方"的乐趣，也拼得过昙花一现的美丽。

真正有趣的生活，从来不需要用"诗和远方"来堆砌。它囿于厨房，却容得下山川湖海的纵横生趣。

生活中的大波澜永远只能是点睛之笔，是锦上添花，不能当作救命稻草。

要想拥有一个有趣的人生，我们必须学会与日常琐碎谈情说爱，让水泥地里长出嫩芽开出鲜花。

你对工作的态度，决定你的人格和气质

文 / 如许若然

01

我们上学期间，一定遇到过这样的好学生：

考试前说："我一点书都没有看哪，真担心考不好。"

考试后说："怎么办哪，我考砸了，好几道题都不知道怎么做。"

上课的时候说："这个老师说的我一点都听不懂，我上课都睡觉神游来着。"

放学后说："我回家一直在打游戏，从来不看书的。"

结果，你信了吗？

当然没有。

因为这样的好学生一定天天熬夜奋战，上课聚精会神，考试轻轻松松，成绩名列前茅。

但是毕业的你，真的就走出、避开这种"骗局"了吗？

是不是有同事在你面前抱怨，公司这个制度多么不好，加班多么累，安排多么混乱，会议多么低效，领导多么无脑，所以你深有同感，你也跟着抱怨，跟着消极应对，跟着想要跳槽，跟着上班走神开小差？

但事实是什么呢？

有些人虽然抱怨，但是对本职工作认真，在老板面前勤恳，在会议上积极发言，比谁听得都仔细。在你考虑要不要跳槽，要不要换工作，要不要找下家的时候，你的同事却被老板夸奖，升职加薪，摆脱了这个小圈子。

所以说，抱怨的话听不得，抱怨的话说不得，这不是什么职场阴谋论，而是一个魔咒，谁认真谁就输了。

02

之前很火的一篇文章，叫《谁的职场不委屈》，不管你在什么样的岗位、在什么样的公司、有什么样的领导，要不要加班，福利待遇好不好，总有那么几件或者很多件让你烦心和委屈的事情，你可以自己回家吐槽，你可以听听音乐看看书放松心情，但一定要记住一点，别在办公室里，围在一起抱怨。

我并不想说什么职场生存法则，而是在说情绪的传播和扩散。

我们都听过有关情绪传播的故事，从清晨出门你遇见的第一个人开始，如果他面带微笑，说了一声"早上好"，你会把快乐的情绪传递给你遇到的每一个人，地铁的工作人员，路边碰见的陌生人，公司的同事领导，你的一天都将美好，而遇到你的每个人也会继续传递这份快乐。

但是如果你出门就遇到一个脾气暴躁的家伙，撞了人还骂了句脏话，那么你就会觉得今天出门不顺，肯定不会有什么好事儿发生。

这种负面教材比比皆是，最典型的例子，就是如今最火的社交平台：微博。

一条负面新闻，就像一根贯穿中国各地的导火索，可以点燃各种义愤填膺、满腹牢骚的心情，一时之间，微博就像一个战场，引导着负面情绪不停地发酵和放大。

有些揭露和抗议是必要并且有效的，我们需要支持。但有些口水战和谩骂侮辱是无用并且可怕的，我们该远离。

对待负面的消息如此，那么对待负面的情绪，同样如此。不管是怎样的人，都会遇到很想吐槽的糟糕事情，会有负面情绪，处理得好就能解决问题，一味地抱怨只会让事态发展得越来越糟。

要么改变，要么别抱怨！

如果你正在每天抱怨，正在厌恶现在的生活，正在每天被负面情绪包围，你只需要思考几个问题：你愿不愿意改变？你有没有能力改变？

如果你的答案是否定的，那就闭嘴。

不管是一份怎样糟糕的工作，都是有它存在的价值，都有你值得学习的东西。

03

我曾经有个学长，一毕业就进了当地的一家私企，做了金融渠道方面的工作，他的学历和能力完全可以去一家更好的公司。

公司当然有各种各样的问题，跟他的同学比起来，第一年他的工资、福利待遇等都显得很差，但是他也没有抱怨什么，向来就是一副知足常乐的样子。

仅仅才一年的时间，他把金融经理这份岗位上的所有知识都认真学了一遍，勤勤恳恳去和客户谈，认认真真跟领导沟通，即使公司在创业阶段面临很多制度上的问题，他也从来没有一句抱怨，只是认真在干自己的工作，积累了大量的经验和人脉。

他说，小公司有小公司的好处，你有机会去接触这个行业各个方面的工作和人事关系，你虽然只在一个职位上，却干了多个方面的工作，学会了怎么去分析产品、怎么去和客户沟通、怎么去了解风控措施，甚至是金融培训文案、客服问卷调查，他在很多时候也会去帮忙。

这样的工作能力和工作态度，让他颇受老板赏识，也让同事们深受感染。

有人可能会问他这样经常加班到底图什么？但是他心里似乎自有一杆秤。如今的他，已经可以自己撑起一条生产线，即使是没有年终奖的创业小公司也奖励了他一笔可观的奖金。

随着他手上的人脉资源越来越丰富，也开始有很多猎头找上门来，如今的他有了更多的选择，也有了更多的专业经验。

他说，公司现在依旧制度不完善，依旧还在创业阶段，依旧有不同的员工来了又走，但是现在的他和一年前的他早已不一样。

他耳边依旧能听到各种抱怨，但是总会笑笑不说话，然后做自己的工作。

如果现在的你，希望自己有个好的起点，好的公司待遇和福利，好的发展前景和工作环境，拥有令人亢奋和深受感染的团队，如果你早就受够了现在的境遇，那就别在这里瞎啰唆了，投简历、换工作，面试、学习，找到一个适合你的平台，发光发亮吧！

你可能又要开始抱怨了：

换工作真的好麻烦！

我的能力根本进不了好公司。

天下乌鸦一般黑，到哪都是被资本主义剥削。

下家公司又能好到哪里去。

……

如果你的想法都是这样的，那你要改变的真的是你的工作环境吗？

你真正要改变的是工作态度。

对于工作态度积极乐观的人来说，在哪个公司哪个岗位上，他都能克服困难发光发热；而对于那些满腹牢骚、眼高手低的人来说，在哪里都是泥淖。

其实世界上哪有那么多完美的事情，人是这样，工作也是这样，朋友说工作最好的状态就是你愿意为了你的工作去加班。

04

"陆总"是我们的高中同学，其实也毕业没多长时间，和一帮兄弟一直在忙着创业。

我们经常开玩笑地喊他"陆总"，他们的公司规模不大，但是每一个员工都很有归属感，因为他们的工作环境和氛围让自己满足，为了自己的公司而工作，何乐而不为？

但是这样的公司毕竟不多，大公司里可能更加没有这么和谐，这个时候，你可能就要问问自己，你想要的到底是什么？

工作不存在完美，你必须有所取舍。

可能是舒适的工作环境，丰厚的福利待遇，轻松自由的工作氛围，良师益友般的同事领导，广阔的发展晋升前景……你很难在一份工作里拥有所有，所以你必须有所取舍。

你必须想明白自己想要的是什么，否则你永远找不到适合自己的工作，永远都在羡慕你的朋友。

05

小艺是我的大学室友，在国企已经待了3年，即使外界对国企各种诟病，说不适合年轻人的发展、制度腐朽，只能稳定地穷着。

但她知道自己的身体情况不太好，知道自己对生活的要求没那么高，性子里知足常乐，这样一份稳定的工作很适合自己，她很开心，业余做做自己真正想做的事情，日子逍遥。

而我的另一个室友在一家外企公司当外文销售，经常加班，连周末有时候都没有时间出来。我们常常同情她，可她却总是一副不亦乐乎的样子，她享受这份可以让她亢奋的工作，她说和那些老外沟通，展示自己的才华，是会上瘾的。当然丰厚的待遇以及不断出现的发展机会让我们甚是羡慕，她说为了这些，脸上多长几个痘痘也是值得的。

就像每天只要有一件开心的事情就能暂时忘记其他烦恼一样，你找到你真正看中的东西，那份工作也就是最适合你的了。

看清内心最真实的想法，要么改变，要么别抱怨。

别把好日子过得太穷

文 / 鲍 鲍

01

家里大扫除的舅舅要丢包垃圾，被我姥爷坚持拦了下来。

那包垃圾里面都有什么呢？具体如下：一把老锁头、一副破了的老花眼镜、还有几根姥爷在路上捡来的鞋带和几个废纸盒。

姥爷的理论是：不管什么时候，你有好日子都不能忘了穷日子！浪费可耻！坚决让舅舅把东西放回去。

对此，我舅舅极其无奈地问："爸啊，我现在拼命挣钱，不就是为了过'好日子'！不然挣钱是为了啥，难道就还是让你们这样把好歹一万多一平的房子堆废品的？"

诚然，放眼望去，家里哪个角落都堆着姥爷的东西。可能是一块海绵、一堆旧报纸——这都是他捡来的"宝贝"。

"万一有用呢？"他永远这么说。

可问题是，我们都知道那些东西估计永远也等不到"有用"的时候，它们会一直占着角落，直到积满灰尘。

我不禁想，为什么有人有钱了，却永远过的是穷日子？

答案是：你，习，惯，了！

02

你习惯了，恐惧贫穷。

有人说不要让孩子吃得太饱。

因为一旦他每天吃饱就会对吃饭失去兴趣。随时保持饥饿感，他们会知道饭是会"没有"的，自己不吃，下一秒钟就会饿肚子，这样他们就会有危机感。

连莫言都坦言自己童年的记忆和以后写作灵感全源自"吃"和"饿"。孩子们争夺食物，争相塞进嘴里，一嘴黑色——他们争抢的是车上的煤球。

从老一辈的人身上你会非常强烈地感受到这一点。你会觉得他们抠门，这也舍不得丢，那也舍不得丢。

因为他们都是经历过最苦的饥荒年代，家里兄弟姐妹缺衣少食，吃顿白面能高兴一年……刚刚有个好东西，说不准下一秒钟就被谁抢了。

这样的十几年、几十年下来，让他们脆弱的神经时时陷在一种恐惧中：怕没钱，更怕回到以前的生活。

于是他们拼命攒，攒东西，攒钱，攒黄金，攒房子。他们内心的不安告诉他们必须要向前走，不能让贫穷追上他们。

他们习惯了把钱攥在手里，觉得这比什么都踏实安心。生怕一个不留神，有个病有个灾，打个针吃个药，又要回到"解放前"。

当年的大贪官和珅，富可敌国，嘉庆皇帝查抄他家时，搜上来堆着几间屋子的金银珠宝、古玩字画，抵得上皇家国库税收15年的银子，但和大人家里只吃粥。

除了他自己、夫人和管家能穿绫罗绸缎，其他仆婢都穿粗布，和大人事必躬亲，连买菜的银子都算完称好了往下发——那是真穷怕了。

03

有一天，上帝遇见一个乞丐，想改变他的命运。于是他问乞丐："如果我现在给你一千元，你想做什么？"

乞丐想了想，说："我要一部手机。"

"为什么呢？"

"这样哪些地方讨饭容易些，别人告诉我就方便了！"

上帝觉得可能是给的资金太少了，于是说："假如给你十万呢？"

乞丐说："太好了！我想买部汽车。"

"为什么呢？"上帝问。

"这样，哪里讨饭容易我就马上可以开车赶过去。"

上帝不死心地问："好吧，假如我给你一个亿呢？"

乞丐眼里冒出了光："太好了，我要将这座城市最繁华的地方买下来。"

"那你接下来做什么？"上帝问。

"把其他乞丐赶走，没人再来跟我争地盘！"乞丐如是回答。

这样的笑话很可笑，也很可悲。

也许最值得同情的就是这类人。不是没钱，而是明明过着好日子却把自己搞得很穷。

公司招了个新女实习生，她人挺好，我们常常聊天。有天主管发火了，原因是开大会，场合很正式，她是唯一没有穿黑色正装的。

主管问她怎么回事，她回答得也挺坦荡："没钱买。"她的回答差点把主管气死。事实上她平时的确老穿着旧衣服，也不化妆，颜色搭配得有时候也让人觉得怪怪的。一问家里也不是没钱——平时她妈妈总给她汇，但都在存折里放着，她妈妈再买衣服给她邮过来。

她平时除了工作就是看看小说吃点零食，也不愿意花时间选选衣服，买个杂志看看颜色搭配。

有钱不难，难的是拆掉思维禁锢的墙。精神做了乞丐，有金钱也只能乞讨。

人家年年换花样旅行、培训、做保养，你却舍不得给自己拿钱学一项特长，学英语、做做饭，有个小爱好陶冶陶冶情操。

人家都看尽世间繁华了，你还在家自以为潇洒。

这样的人生是豆腐渣工程，花了钱，质量却还有严重的缺陷。

04

等我有了钱。

"等我赚够了钱，我就环游世界。"

"等我赚够了钱，我就去享尽繁华。"

你身边肯定会有人这么发愿。

我一姐们儿靠英语顶呱呱当志愿者跑了一圈柬埔寨回来了，那边朋友们还在家看肥皂剧呢。"等我有钱再跟你去啊！"有人在微信上回复她。问题是跟她讲这些话的人始终也没动地方，他们一辈子在等，因为钱永远"不够"。

其实不是不够。

前两天那个回复她的人还在"双十一"感叹自己要剁了手。那些人有工作，甚至很多人都有车、有房，却都"没有钱"去旅行。

说穿了，是"没钱"成全了我们的"不够"，给了我们一个不努力、不满足又无办法的装受害者的借口。

你想到达的地方，只需要你真心一步步走。

对自己好一点。**爱自己的人，真正热爱生活。**

当你化了个美美的妆，你可以在商场微笑着接受所有的服务和邀请，因为你值得；

当你劳累了一天，做做瑜伽，放段音乐，洗个热水澡，一点点读书阅卷地忙里偷闲，让自己保持放松；

当你订一束花插在一个般配的花瓶里，有一点小小的布置，每天做一点不同改变时，日子也会多一点柔软的情趣。

就如老顽童蔡澜先生所说："下棋、种花、养鱼，都不必花太多钱，买些悦目的东西，玩物养志；吃一点好吃的，玩一点好玩的，不然对不起自己。"

人生苦短，不如任性过生活。

所以，对于那些告诫我"不要忘了苦日子"的人，我只想回复说："我只想过好日子，苦日子让别人过吧！"

你越穷，就越没时间

文 /Vicky

富人可以用钱来保障自己的时间，穷人则只能用时间来保障自己的生存。

01

前段时间休假，我回了趟乡下的老家。

老家的许多公共设施在扩建中，自来水偶尔会供应不足。于是，我用最原始的办法，在有水的时候用大桶存储起来以便保障日常生活。但问题也随之而来了。

没有自来水，自然也无法用热水器了，只能像小时候一样用锅烧水：洗锅，倒水，烧水……

本来洗个澡只要十几分钟，结果却花了四十多分钟。

生活的不便利直接导致的是时间的浪费。

很多人都羡慕乡村的慢节奏生活，但所谓的慢节奏可能只是文人雅士描绘的假象而已。

在偏僻的乡村，人们日出而作，日入而息，终其一日都在忙忙碌碌，没有一刻停歇，却依旧食不果腹，衣不蔽体。

贫穷到工业化难以开展的地方，最传统的人力农耕一天只能耕种一小块地。表面看起来很慢的节奏，于农家汉子而言却是超负荷的劳作。

铁锹一挥一舞之间，汗流浃背。

烈日下不断地低头重复，得到的只是微薄的回报。

反之，在较为富裕的平原地带，放眼望之，万亩良田皆是依靠农耕机、插秧机、收割机实现农耕机械化生产，一天可以处理上百亩农田。在吃喝乘凉之间，满载而归。

社会发展的一个重要标志就是解放了人的双手，机械代替了劳力，把低效率工作束缚的时间还给了人本身。

02

"双十二"期间，我刚买了一台电脑，但这个打算是两个月前就有的，却忍着旧电脑的各种卡，各种焦虑和时间的浪费拖到了现在。

之前就已在天猫和京东上来来回回地看了很久，价格差不多的，想比较下哪台性能更好；性能差不多的，又比较哪台更便宜。性能一般的，不甘心将就；配置较高的，又对它的标价望而却步。

好不容易选定了，只能先放购物车，等待"双十二"能优惠个两三百元钱。

时间就在这反反复复的比较和等待中浪费了。

有人说，这就是典型的穷人思维。诚然，这是很贴切的词。

但如果不是囊中羞涩，大部分的人都会直奔主题，买下需要的东西。

但我不得不考虑买了这台电脑后，剩下的钱是否还够这一个月的花费，还有没有应急资金以备不时之需。

货比三家，犹豫不决，好像成了我们穷人的专利。

想要把有限的资金最大化利用起来固然没有错，只是思考与纠结的状态，是我们付出的时间成本，这个成本并不便宜。

可以适度思考，但不要过度纠结。

03

记得曾有句话说，穷人的时间不值钱，所以愿意用时间来换钱。

但什么是穷人呢？抛开各种新颖的定义不谈，通俗地说应该就是没什么钱的人。

富人可以用钱来保障自己的时间，穷人则只能用时间来保障自己的生存。

工作在魔都上海，上下班单程一个多小时该是再平常不过的事了，有些住得远的，两小时也不少见。住在南汇区域的小伙伴对早上的地铁16号线最是印象深刻，长长的限流蛇形，黑压压的人群，挤不进的车厢每天都在上演着春运大迁徙。从不奢望有个座位，只希望下一班，再下一班一定要挤上去，否则又要扣工资啦。最羡慕什么？那些半小时就能到公司，回家有热饭热菜的人！

可能有人会想，干吗那么折腾，住近点不就行了吗？在2016年的上海，先不说市区，外环内，但凡交通便利、治安还可以的小区，两室一厅每月租金七八千元的都不好找。广大吃瓜群众只能乖乖地退居外环，寻找属于自己的一片天。

常说人穷志短，有些事情的关键不在"志短"，而在"人穷"。当你的钱包不足以支撑你的梦想的时候，只能默默地用时间与汗水换取折中的立足。

04

暂时的穷，注定了有些事情必须被动地接受，但是否就这样被动下去，就要看我们自己了。

曾有一个流传很广的故事。

以前有两个和尚住在隔壁，每天都会在同一时间下山去溪边挑水，不知不觉已经过了5年。突然有一天，左边这座山的和尚没有下山挑水，过了一个星期，还是没有下山挑水。

直到过了一个月，右边那座山的和尚很担心就去探望他，当他看到他的老朋友之后，大吃一惊！因为他的老朋友，正在庙前打太极拳，一点也不像一个月没喝水的人。

他好奇地问："你已经一个月没有下山挑水了，难道你可以不用喝水吗？"

"来，我带你去看。"

于是，他带着右边那座山的和尚走到庙的后院，指着一口井说："这5年来，我每天做完功课后，都会抽空挖这口井，能挖多少就算多少。如今，终于让我挖出井水，我就不必再下山挑水，我可以有更多时间，练我喜欢的太极拳了。"

故事中的和尚，亦如你我。

多少人都在嚷嚷早出晚归的生活看不到尽头，却没有做出任何改变，也不曾把握下班后的时间，培养自己另一方面的实力。

这样下去真的只能用日复一日的操劳，换取勉强的生存。

只有那些在日复一日的工作中悄然增加砝码，再苦再累，也在挑水之余挖一口属于自己的井，逐步提升自己个人能力的人，才能最终攒下不用每天挑水的资本，解放原本被劳动占用的时间。

05

广东有句俗语：宁欺白须公，莫欺少年穷，终须有日龙穿凤，唔信一世裤穿窿。

说的就是不要看不起贫穷的年轻人，少年人如果努力迟早有天会飞黄腾达的，不会一辈子总是穿着有破洞的裤子。

我们工作就是用自己的时间来换取保障生活的金钱的过程。

市场经济从不说谎，我们的单位时间价值的评定，是残酷的，也是公平的。说白了，不要妒忌你老大按点下班还拿着高工资，他在积累能力资本的时候你没看到。也不要抱怨自己天天加班加点，工资却还这么低，这就是市场对现阶段你的能力开的价位。因为我们的时间还没有足够值钱，我们的劳动在单位时间创造的价值就这么多。

与其哀怨社会不公，生活困苦，不如勇敢地审视自己的实际能力，明确方向，在时间的缝隙里充实自我，提升自己的单位时间价值，让自己变得值钱。

少年们，趁着我们还有点青春资本可以放手一搏的时候，不要让自己变成真正的穷人。

哪些细节让你看起来很掉价

文 / 喵 姬

01

我有一个男性朋友，只要他一出现，我的视线就离不开他。

这个男生高高瘦瘦的，虽然他不帅，但他的每一个动作都很吸引人，感觉少看一眼都是亏了。

我非常喜欢他给我递东西，真的很美，他的动作不快不慢的，很自然就会吸引住人的眼球。他的手真的很漂亮，看着都有一种莫名其妙想去握一下的冲动。因为他，我成了一枚名副其实的手控。他除了手很漂亮之外，最重要的是他做任何动作都是不缓不慢的，用一个很美丽的词语形容就是——优雅。

可是他很阳刚，配合着他的动作，感觉他整个人散发出来一股暖气。

然后我观察了身边很多朋友的手，发现了很多手很好看的人，可惜的是他们的都不美，举止间没有任何的美感，那怎么会吸引人呢？

回到我最迷恋的那个男生身上，久了之后，发现那种美感是因为慢。

现在满天飞的文章都在跟女孩子说要如何打扮好看，但是无论你打扮得再好看，姿态不美，再贵的衣服也只会显得你很廉价。

之前去参加了一个女作家的分享会，出场的时候发现，原来她很美，在时尚圈里工作过，也接触了娱乐圈，还差点做了歌手。

她的刘海是中分的，长度到脖子处，她每一次撩开刘海的时候，动作都是轻轻的、慢慢的，不自觉就会被这个动作吸引住。

动作里，就透出一股淡淡的修养美。

或者你还在追求各种名牌衣服，高端牌子的鞋子，只是当你的姿态动作跟你穿的衣服的价格不般配的时候，那跟穿一件地摊货其实没什么区别。

有人把200元钱的衣服穿出了2000元钱的感觉，也有人把2000元钱的衣服穿出了20元钱的质感。

这种区别就是日常中的行为姿态。

温文尔雅的人，打扮得再朴素，也透出一股幽香。粗粝暴躁的人，穿得再名贵，也只是穿了一身的钞票在身上而已。

当你开始对服装穿着有质感要求的时候，你开始对自己的行为姿态有要求了吗？

再贵的衣服都救不了一个姿态不正的人。

　　所谓的修养美其实说的就是气质，高贵有高贵的气质美，朴素有朴素的质感美。

　　我们聚会的时候，朋友带了另一个朋友来，聊起来也比较放得开。聚会过后，朋友说她很会赚钱，月收入20万元左右，靠的都是自己的本事。然后就开始说到穿衣打扮问题，我印象中，女生穿了一条紧身的旗袍款短裙，如果没有记错，包包是路易威登的，因为当时她的确不怎么起眼。衣服的质感档次都不会是低端，只是有一点让人真的看不出来她是出入高端场合的人。

　　她有一些驼背，虽然穿的是高跟鞋，但是没有挺胸，整个架势看起来像一朵缺了水分的花。外加她走路的时候，脚步下地有些重，感觉是在拖着高跟鞋走一样。

　　从服装打扮上看出来，她喜欢买高端东西，但是从姿态形体看，她并没有让自己配得上这些名牌。而这些衣服、包包、首饰，哪一样都衬托不出来她想要的质感。她活生生地给我上了一课。

02

　　我在第一份兼职工作里，认识了一个很淳朴的女生。老家是四五线城市的，无论什么时候看到她，脸上总会挂着微笑。

　　她是那家咖啡厅里的一个服务员，我时不时会在那个咖啡厅里跑场。这个女生的装扮都是很简单的，扎着一个马尾辫，有一双很漂亮的手，脚上穿的永远都是帆布鞋。

长头发的女孩子都会有一个烦恼，就是当长头发不小心被风吹到脸上，妨碍着眼睛或者贴在了嘴边的时候，很多女生会立马就用手抓，手要是没有空的时候，有些人会用肩膀或者手肘去摩擦一下。

不过这个女孩不会这样，手上如果拿着东西，她会先走到一边，把东西放下，然后再用修长的手指去把头发撩一下，顺便把头发顺一顺。

她不会因为这些有点烦人的小细节而觉得着急，会一直保持着自己的节奏做事情，不被旁人所左右。

我会把这些称作修养美。

对于女孩子平时讨论到的一些香水牌子、包包牌子，她不懂，但是等我们讨论完了之后，她会微笑地问我们，刚刚讨论的那个是什么。

她不会因为自己用的东西便宜而觉得卑微，有时候还会小小兴奋地跟我说这件衣服有点贵。她便装的时候经常是牛仔裤T恤，但是走路不急不躁，手里要么拿着手机，要么就是拿着一瓶水。递东西的时候，她的手在哪个方向，总会让人忍不住往哪个方向去看。

气质美与服装的贵和便宜没有太大的关系，真正的美都表现在个人的行为上。

当你见多了穿名牌的人之后，你就会发现，其实人美不美和服装贵不贵没有太大的关系。

气质美，对于本身具备姿态美的人来说是锦上添花，而对于不在乎姿态的人来说，其实也就是一件质量比较扎实的牌子货而已。

姑娘们，也许你正在很奋力地去追求一个你希望买得起的名牌，但是在金钱上去接近的同时，个人的修养礼仪还有举止姿态，请也要和你的名牌相搭配。

多么不希望一个姑娘被别人在背后说配不上名牌货，我们要从小细节开始注意个人形态。

你二十几岁，不应该因为高房价而安于现状

文／沈善书

01

当我们无法与那些资质优越甚至含着金汤匙出生的人拼起点时，二十几岁的我们，可以拼这个年龄段不服输的劲儿，可以拼努力奋斗的心，可以拼永不言弃的力量。

有一段时间，网络上铺天盖地的都在说高房价，身边的一个朋友小军也着急自己赚钱的速度太慢，担心买不起房子，每次与他聊天时，他都在纠结这个问题。

小军出生在一个普通家庭，父母没有稳定工作，只是靠打零工生活，家里有一个妹妹在读大学，他自己则在医药公司工作。

因为不甘心一辈子都蜗居在老居民楼里，生活中的小军很拼，那种拼，按照他的话说就是，如果为了理想中的生活打拼感到辛苦劳累，倒不如别去拼，还舒服自在。既然不甘心继续过着底层生

活，不甘心一辈子都买不了房子，所以，作为男人，他必须以豁出去的态度努力上进。

小军的努力，我看在眼里。他有驾照会开车，所以想尽办法联系代驾服务；周末不上班时，他会做两份零工；工作中，他超额完成任务，只想多获得奖励，快些得到晋升。

我告诉小军，现在你刚和女朋友相识，在还没有足够的资金储备与退路时，先不用着急买房，至少你现在一直都在努力奋斗，这个姿态就很好。然而，小军仍旧着急，仍旧担心自己努力的速度赶不上房价上涨的速度。

我对他说，在我们这个小城市，房价不会上涨得太快，我说你还来得及，我们都还来得及，因为二十几岁的我们，并没有被房价压倒，相反一直都在努力，至少努力可以让自己充满底气地对生活说一句：**你尽管放马过来，我见招拆招。**

对于房子而言，我们真的不用把它看成是必须完成的"任务"，换一个心态对待，或许努力过后，一切都会水到渠成。如果你只知道抱怨房价高，抱怨不公平，你不去努力，只是怨天尤人，那么，成功只会离你越来越远。

02

薇薇说，作为一个待嫁女人，她那么努力，只不过是想当生活对她发出狠招时，她有资本去抵挡。

最近一段时间，薇薇总是自告奋勇地向领导提出加班申请，原因只有一个，她只想与男友一起努力赚钱，争取今年内首付买房。

薇薇和我说她与男友看好的那套房源时，目光里闪烁着对未来生活的希望，同时，也多了几分底气与自信，因为她和她男友的家庭都无法全款支持两人买新房，她也不想让男友独自一人承担买房压力，她愿意陪男友吃苦，因为男友并不是那种因为高房价而不去努力打拼的人，相反，正是因为贫穷，反而激励了他们去努力的心。

有时候，会看见薇薇在深夜里发朋友圈说："感谢努力的自己，今天写了两篇稿子，又离梦想近了一些。"薇薇目前在一家传媒公司上班，做的是网站编辑工作，业余时间自己也会给一些杂志媒体写稿或者给客户写软文赚钱。

作为一个女孩子，她并不想攀附别人成长，她只想活得努力且独立一些，拥有应对生活变故的本领与招数。

有一次，我问薇薇，我说有没有哪一件事情，让你感到很难，觉得快要扛不下去了？她笑笑说，最艰难贫穷的岁月都已经过去了，既然没有人给自己买公主裙，那就做自己的女王，自己努力赚钱给自己买公主裙。如果非要说感到艰难的某一刻，那便是好几次晚上睡觉时，她突然抱着她男友号啕大哭，她怕自己与男友那么拼命努力，结果还是在我们这儿买不了房，即便买房以后，也没有足够的钱还房贷。

她的焦虑，我也懂，但是，二十几岁不就是这样吗？一边焦虑，一边掌灯前行。谁都不知道前方会发生什么，唯有一边大步往前走一边修炼好自己，方有资本面对路上出现的风雨坎坷。

不同的年纪都有不同的压力与焦虑，但这才是真实的生活，有了痛才知道鞭策自己去努力奋斗。只要你树立了自己的目标，抱着积极乐观的心态去努力，说不定，房子会成为老天给你的奖励。

在我看来，薇薇并不是想去与男友分高低、比输赢，她只想在别人问她多久买房结婚时，她可以骄傲地说，我和男友共同赚钱买房结婚，我既能给男友小家碧玉的温柔，也能给他大刀阔斧的信心。

03

如果你问我，贫穷带给了我什么？我会斩钉截铁地告诉你，贫穷既让我学会奋不顾身地努力，也让我懂得了一个道理——穷只有被动等着别人安排命运。

如果你再问我，努力过后得不到很大收获，只是乐观且努力地继续穷着，那么，为什么把买房视为努力奋斗的目标呢？

很多人都在努力，只是有些会因为房价太高而半途而废，于是，他们选择老老实实过生活。有些人并不安分，他们只管在今天埋头努力，而不是忧虑明天，因为谁都无法掌控明天的生活，但是我们今天的努力，影响明天的生活。

我把买房视为努力奋斗的目的，只是不想像大多数男人那般，在二十几岁原本热血沸腾的年纪，只知道整天窝在网吧里，一边叼着烟一边打着游戏，对身边的人抱怨房价高，抱怨现在娶媳妇不容易，抱怨女人势利眼，然后，继续关心游戏里的装备与等级，而不关心现实生活里柴米油盐的苟且与诗和远方。

这个世界有时候真的很不完美，甚至很残酷，但如果我们因为它的不完美而选择得过且过，选择安于现状，因为它的残酷而选择顺从，选择等待命运的安排，那么，青春对于我们而言，毫无任何意义。

我一个从一无所有的穷孩子，到现在成长为写作者，这一切都来源于骨子里那股不向现实低头的劲儿。我10岁时，父亲去世，而后，一直与母亲居住在父亲生前的单位宿舍楼里，我们在走廊做饭，没有独立的卫生间，只有老旧的公厕，而且到了梅雨季节家里还会非常潮湿。

曾经的我非常自卑，我从来都不敢让别的同学到我家玩，我害怕他们知道我家不仅住在老旧的宿舍楼里，而且房子还是租的，因为那时候的我并没有资本去面对外界的眼光。

直到后来，从我读大学起，尤其是当我从20岁起，我就暗自告诉自己，我一定要努力，一定要买房子让母亲有一个好的住所，让她安享晚年。那时候的我只有一心一意咬紧牙关努力，并没有去考虑因为担心房价会一直上涨而买不起。幸运的是，通过这些年的努力，在无爹可拼的时候，我完完全全靠自己买了属于自己的房子。

成长不会因为你的抱怨而对你怜香惜玉，任何环境、年龄，都有我们需要去面对的困厄与跨过的坎，抱怨并不会解决问题，你只有去努力、去征服，才有机会反败为胜，至少努力会加快你获得胜利的机会。

可能你会嗤之以鼻，觉得在小城市买房并不算什么了不起，其实我并没有沾沾自喜，我依旧在努力奋斗，依旧相信年轻的我们无论是在大城市还是在小城市，不要被所谓的高房价压垮，也不要被生活打败，更不要因为自己出身卑微、家庭贫困、担心努力得不到收获等种种原因而不去努力，不妨趁着二十几岁正值风华正茂的年纪努力赚钱，只要努力着，总会遇见属于自己的春暖花开。

如果你问我当房价居高不下时，我们一辈子的打拼就是为了一套房吗？不一定。

此时此刻的你在拼搏奋斗的路上，不妨把买房当成"意外惊喜"，因为，当你在努力时，你收获的不仅仅是视野与知识的丰富，还有品格的提升以及经验的积累，因为聚沙成塔的积累比你妄图一步登天的成功更踏实。

你二十几岁，别因为未知的前方而选择听天由命。越磨砺，越成熟，因为努力会给你战胜困难的信心与勇气，持续努力，我们终会拥有自己的碧海蓝天。

我从不迷恋大器晚成

文／沈万九

我只相信"一直在路上"。

01

荣获过三座奥斯卡金像奖的李安，毫无疑问是世界上最顶级的导演之一。然而，直到37岁，他才拍出人生中的第一部电影《推手》。此前6年，他不但没片子可拍，还是一个"吃软饭"的宅男。这6年里，他每天买菜做饭、接送孩子，实在无聊，就看看报纸，跟邻居老太太唠唠嗑，学学英文，偶尔为了生计，也会去片场看看器材，打打下手。直到1999年，凭借电影《卧虎藏龙》，时值45岁的李安，才拿到人生中的第一个奥斯卡大奖，从此星耀全球。

著名的日本作家村上春树，直到快30岁才开始写小说，但第一部小说《且听风吟》便斩获日本群像新人文学奖，从此踏入文坛，顺风顺水，红遍全球，享誉至今。

前不久，在第36届香港电影金像奖颁奖典礼上，荣获最佳男主角的，居然是"一直让我们觉得脸熟可却死活叫不上名字"的林家栋。要知道，50岁的林家栋，其实很早就出道了，一辈子拍了不少的戏，但几乎都是以跑龙套、做配角为主，直到如今，知天命之年，才拿到这个极具里程碑意义的大奖。

……

如上所述，古今中外，各行各业，总有一些人，一直在默默耕耘，努力奋斗，然后突然就有一天，一举成名天下知，成就人生新高度，"不飞则已，一飞冲天；不鸣则已，一鸣惊人。"

然而，这些所谓的世俗意义上的"大器晚成"，真的值得我们去追求和迷恋吗？

02

其实，在蜗居的6年间，李安也做了无数跟电影有关的事，最主要是写剧本：自己写，合写，改写，反正都干，就是要死皮赖脸待在圈内。另外，在拍出代表作《卧虎藏龙》之前的1995年，他便拍摄了第一部外国影片《理智与情感》，并获得过多项奥斯卡提名。有意思的是，在拍完《理智与情感》后，李安才第一次在美国交税，因为这部片子，他拿到了生平的第一张支票，金额是18万美元——他说，签支票的时候手都发软了。

而村上春树，虽说直到"奔三"之年，才开始正式写小说，但大学的时候，他所念的就是著名的早稻田大学的第一文学部戏剧专业。而且在毕业后，他既没有去公司朝九晚五，也没有考公务员拿铁饭碗，而是选择了自主创业开酒吧，一边经营，一边读了大量的书籍，度过了人生中最静谧的一段时光。

至于我们的新晋影帝林家栋，其实早在2000年，便因为热门电视剧《茶是故乡浓》，成为了TVB的当红小生，但他显然不甘心只拍电视剧，而是一门心思地要把有限的生命投入无限的电影事业中，宁愿跑龙套，演配角，也要进入大银幕。

······

也就是说，他们所谓的大器晚成，不过是真正地忠实了内心，活在了当下，沉淀了孤独，并在关键的时候做出了选择······

这样的人生，哪怕最终没有获得世俗的认可，也足以称之为成功，因为他们一直就是以自己喜欢的方式去活着。

03

记得，在超级畅销书《明朝那些事儿》的结尾，作者当年明月特别提到了一个人：徐霞客。

此公不考功名，不念尘欲，而是喜欢满天下地跑，"不务正业"地游山玩水，血里有风，"虚度"一生。

也正是这样一位千古奇人，在经过30年的考察后，撰成了60万字的地理名著《徐霞客游记》，给后世带来了深刻的影响。

如你所知，倘若以当时的标准来定义的话，他完全称不上成功，更不存在所谓的大器晚成。

然而，也正如当年明月所说的那样，之所以要以徐霞客的故事，作为整套书的结尾，是因为他的生活方式，足以藐视所有的王侯将相："以自己喜欢的方式过一生。"

人生在世，不过是白驹过隙几十年，能不能成为大器，并没有那么重要。重要的是，我们是否一直在路上，而且是以自己喜欢的方式，去用心耕耘，"忍把浮名，换了浅斟低唱。"

其实在年轻时，我也总认为，人这辈子，就是西行取经——不管是早到晚到，只有到了西天，取得了真经，才算是功成名就，不枉此生。

可如今，我更相信的是，在我们的心里，应该放着一个西天。我们朝着它前行，打怪升级，步步修行，永远在路上，哪怕最后到不了西天，也能活出自己的精彩。

04

在王家卫的电影《一代宗师》里，曾有这么一句经典的台词："过手如登山，一步一重天。"意思是说，习武之人，跟人过手，每进一步就有一步新的境界。

其实，人生何尝不是如此，每一次前行，就会有不一样的风景，都值得我们欣喜和喝彩。而并不是说，只有到达了山的顶峰，才算是成功。

还记得，在郭麒麟18岁生日时，郭德纲给儿子写了一封长长的书信，信中的最后8个字，更是作为了家训："但行好事，莫问前程。"确实，几十年来靠着摸爬滚打才混到今天这江湖地位的郭德纲，一语便道破了人生。

需要说明的一点是，所谓的"但行好事，莫问前程"并不是说一个人没有目标，不看前程，而是目标依然存在，但却模糊地化成了心中的一盏明灯，一颗指引前路的星星，而我们最重要的，还是做好眼前事。

反观当下，我们这个社会，已经变得越来越功利了：一方面，我们把成败的标准，交给了银行存款，交给了房产车产，甚至交给了父母亲友的殷殷期盼……而忽略了我们内心的真正渴望；

另一方面，"大器晚成"成为了郁郁不得志者聊以自慰的话语，也让很多人迷失在了追求"成功"的路上。

宋代大文豪苏轼，其所作的词里有这样一句："竹杖芒鞋轻胜马，谁怕？一蓑烟雨任平生。"

诚如东坡所言，即便是一根竹杖，一对芒鞋，只要有豁达的心态，亦能够轻胜世间之快马。

所以这些年来，我从不迷恋所谓的大器晚成，也不奢望无谓的功成名就，我只相信一直在路上，进退之中，得失之间，一寸有一寸的欢喜。

说话的分寸，
就是做人的尺度

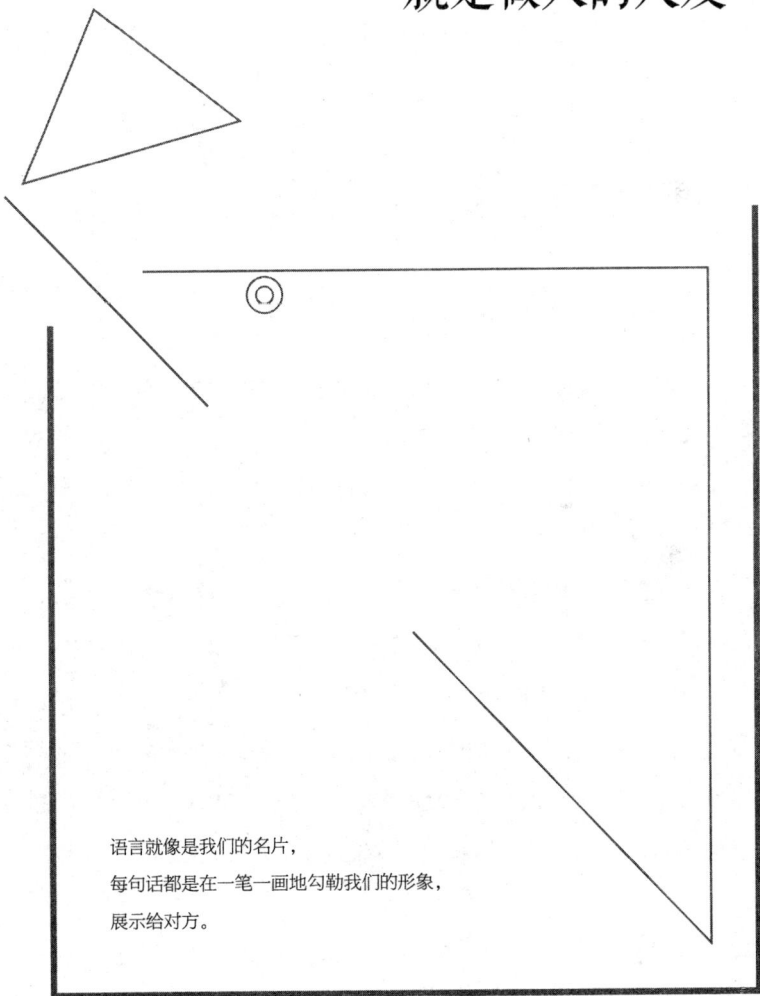

语言就像是我们的名片，

每句话都是在一笔一画地勾勒我们的形象，

展示给对方。

这才是与人相处最重要的修养

文 / 露晞

人类最美好的品德就是宽容、善良，但宽容、善良也是有底线的，那就是不能给人添无谓的麻烦。

01

我住的小区附近有只流浪狗，叫旺旺，是过去一家商铺的主人饲养的一只土狗。狠心的主人搬走后，旺旺就成了可怜的流浪狗。

通常流浪狗都是骨瘦如柴、脏兮兮的，旺旺却不同，毛色顺滑，胖乎乎的。因为附近的几家商铺都十分喜爱它，有家洗车店专门帮它洗澡，另外几家经常给它喂食、饮水。它每天悠闲地这家逛逛，那家趴会儿，几家店铺可以随意进出。吃百家饭的旺旺生活状态也算优哉游哉。

这样其貌不扬的一只小狗，为什么能在流浪的状态下把生活过得如此滋润呢?

不是它善于讨好卖乖，而是它具备了一个很优秀的品质——从不给人添麻烦。无论在哪家店它从不乱动东西，老老实实地待在最不碍事的地界。来了客人，它都是小心翼翼的，从不会吓到客人。想撒尿的时候用爪子使劲地敲门，绝不会在店里方便，给人添麻烦。

与其说大家喜欢、同情旺旺，不如说它从不给人添麻烦，不惹人讨厌。

人类最美好的品德就是宽容、善良，但宽容、善良也是有底线的，那就是不能给人添无谓的麻烦。

02

我最近刚刚读完一本书，叫作《跟任何人都能谈得来》，书中讲了一些关于如何提高谈话技巧，如何沟通能让对方更喜欢你的窍门。

其中提到了几点很关键的因素——温和友善、有幽默感，与人聊得来最直接的目的是拉近关系，让对方喜欢你。

可我认为能否让对方喜欢你，会不会说话并不是最重要的。

贾玲有个小品，叫《爱笑的女孩》。

贾玲扮演的角色是个开朗热情、幽默友善的女孩，她对每个人笑脸相迎、能说会道，第一天上班还要请同事们吃饭，其实这个女孩很擅长与人沟通。

起初大家都很喜欢她，但接下来发生的事情让所有人开始讨厌她，因为她总是给人惹麻烦。

出于好奇，她把自己的镯子与店里的弄混了，给主管制造了无谓的麻烦。

更有甚者还摔坏了店里昂贵的古玩字画，老板气得心脏病发作，虽然她不是有心的，但是老板实在没法承担她带来的巨大损失，于是请她走人。

其中最经典的一句台词是"爱笑的女孩运气不会差"，我觉得还应当有一句潜台词："爱惹麻烦的女孩运气不会好。"

一个人，即便他再擅长与人沟通，再幽默，如果无休止地给人添麻烦，也不会讨人喜欢，更不会让人有亲近的欲望。

其实麻烦不论无心还是有意，主要看它的难度，别人是否承担得起，还有对方是否有为你承担的义务。

03

这让我想起了去年认识的一个朋友，这位姐姐为人少言寡语，每次我们谈笑风生的时候，她都静静地坐在那里，偶尔插上几句话。

她虽不善言辞，但很有修养，无论去哪家做客，临走时都会帮忙简单收拾一下，起码也要将客人们制造的垃圾随手带到楼下。

她总是说："给我吧，免得再出去倒了，多麻烦！"朋友们起初只是不讨厌她，慢慢地越来越喜欢她。

还是这一拨朋友，另外一位大姐，却是截然相反的类型，她虽然能说会道，却不太讨人喜欢。

有一次她在微信里问我一个很常见的问题，我已经告诉她在开会，过一会儿再回复，但她仍然喋喋不休地追问，让我很反感，其实那个问题只要百度一下就能轻而易举地解决。

她这个特点，我们那圈朋友几乎都领教过，比如她听说你要去香港，就会拉个单子出来，让你帮忙代购十几样东西，这么多东西有时要跑几个地方。

大老远的出门不是出差就是旅游，时间有限不说，自己也想借此机会购购物，帮人代购两三样尚可接受，太多的话，时间和行李箱空间都成问题，但如果拒绝帮忙，她就会埋怨、不满。

她经常说："我这人大大咧咧的，熟人我就不客气了。"其实这不是大大咧咧，而是不珍惜对方时间，不体谅对方难处的表现。

所谓大大咧咧是对别人的洒脱、宽容，而不是毫不顾忌肆意麻烦人。

所谓熟人、朋友，只是一种熟识度的定义，并不代表赋予了你为难别人的权利，尤其是那些有难度的麻烦。

04

想讨人喜欢，首先要不让人讨厌，经常给人添麻烦的人，别人怎么都不会喜欢你，因为他们没有喜欢你的能力。

答应你的要求，也许做起来真的很有难度，的确是一种麻烦；

拒绝你的要求，又要选个合适的理由和语气，因为要顾及对方是否会不高兴，即便没帮到你，却也是一种麻烦。

这种交往模式会给人际交往带来一种压力，久而久之，对方会下意识远离你。

有修养的人，自己能解决的事情从不麻烦别人，只有在不得已的情况下，才会有求于人，但仍会考虑对方解决起来的难度和辛苦，绝不会给人压力。

自私的人，只想自己省事，自己舒服，经常无所顾忌地热衷于找人帮忙，所求不得，说不定还会埋怨不满，为难对方。

再能说会道、周到热情，不如做个省事的人，因为人虽然喜欢锦上添花，却不愿意收拾烂摊子，尤其是那些毫无意义或者颇有难度的麻烦。

懂得珍惜对方时间，体谅他人难处，这才是人际交往中最重要的修养。

为什么你挤不进比你厉害的圈子

文 / 大芋芋

01

大学的时候，我们班的"考研党"分成了两派：一派是以团支书为首的优秀学生们；另一派，则是像H这样的普通人。

判断是哪一派的标准很简单：没日没夜在图书馆学习的，就是团支书那边的。

而H们，则是"飞行"模式学习法，想学就学，想在哪里学就在哪里学，万一厌倦了，就停下来浪几天再重新开始。

到大四上半年的时候，H放弃了考研，准确地说，是他们那一群人都陆陆续续放弃了考研。对他们而言，考研的周期太过漫长，太难熬了。

大四不考研，天天像过年。于是H们像暴风卷过的大海，一浪接着一浪。无拘无束的生活使他们开始觉得那些拼死拼活要考研的人简直就是在给自己找罪受。但是到了下学期要毕业的时候，他们开始真正着急起来了。

那个时候，"团支书们"已经拿到了考研学校的面试通知，即使笔试没过的人也已经拿着一早考好的证券从业资格证、银行从业资格证等证书开始找工作了。

而H们两手空空出去找工作，跟"团支书们"一比简直不是一条起跑线上的，毫无竞争力可言。但H是个有点小聪明的人，他觉得自己虽然现在不能有个好前途，但若是能跟那些"潜力股"成为至交的话，兴许自己未来也能混得一片光明。

于是他开始试图打入团支书的圈子内部。

但是在两周以后，H很沮丧地跟我说，原本他以为友情是几杯奶茶和几顿饭就能搞定的事情，但是没有想到"团支书们"的圈子是如此的铜墙铁壁。

"我站在他左侧，却像隔着银河。"这是H对他与团支书关系最形象的描述了。

于是H的计划失败了，他又回到了自己的朋友圈里，醉生梦死，却也惶惶不可终日。

02

物以类聚，人以群分。

仔细一看你就会发现，H的朋友圈里都是跟他差不多类型的人：目光短浅，放任自由，没有理想，即使有也坚持不了几天，以频繁更换对象和约炮为傲，日常娱乐是K歌泡吧。

再看看团支书的朋友圈，也是跟他差不多的类型：做事有分寸，有远见，有实力，有耐心，对一件事情持之以恒。

他们也会去喝酒玩乐，但绝不因此而消沉懈怠，忘记自己真正要做的事情是什么。

一对比就会发现，H和团支书本就不是一个圈子的人。

在团支书考会计证的时候，H用"我以后肯定不当会计，考了也没用"这样的话来安慰自己；

在团支书考英语六级的时候，H用"反正没有六级证书也能毕业"来安慰自己；

在团支书考研的时候，H用"我也考，但是考不上拉倒，反正离毕业日子还长着呢"这样的话来安慰自己。

最后团支书该考的不该考的都考了，H什么都没有，还在自欺欺人："现在工作那么难找，有证也不代表就能找到好工作。"

殊不知，用人单位看到的不仅仅是有无几本证书的差别，而是一种别人在做事情上比你更持之以恒、更有实力的证明。

03

我有一个姐姐在银行工作，年薪几十万元。

前段时间她带了一个实习的女孩子，女孩刚来，对银行里的一切都充满着好奇与新鲜感。

在听说了姐姐月薪过万元这件事以后，她显得格外亢奋："我也要考到银行来工作！这里真是太好了！"

于是女孩回家后买了一大堆银行招聘考试要用的书籍资料，开始准备为自己的美好未来大干一场。

但是没过多久，出了一件事情。

两家银行为了争一笔存款而闹起了矛盾，另一家银行派人来姐姐所工作的银行闹事，并试图故意抹黑该银行的形象。

但是闹事的人有点眼拙，找了那个实习生女孩的碴儿。

结局是女孩和对方大吵了一架，在对方准备找领导来治她的时候，女孩得意地丢下一句话："我就是个实习的，你找了也没用！"然后飘飘然远去，再也没来上过班。

后来她告诉姐姐，回家以后她就把关于银行考试的书全部都扔了，"我发誓，我再也不想去银行上班了！这些明争暗斗太可怕了！还容易波及我这样的无辜！"

姐姐问她："那你以后准备找什么工作？"她想了想，说："我准备去证券公司实习，听说那边环境也不错，待遇也很好。"

姐姐便祝她好运，女孩又说："嗯嗯，我一直希望能成为你这样的成功女性，当然会好好做了！"

但不到两个星期，姐姐就听说了女孩离开证券公司的消息。

因为她做表格时少算了一个零被上司狠狠地骂了一顿，气不过哭着跑回来了，之后就再也没去上过班。

姐姐说：

一开始我就估计她是要放弃的，因为你想拿那么多工资却还想着轻轻松松不做事是不可能的，不管是银行还是证券，每行每业都会遇到困难，都会犯错，都会被误解。如果一遇到事情就放弃，一遇到挫折就退缩，那么你的理想境界永远都只会是你的理想境界，一个你永远都达不到的境界。

04

《庄子·外物》里讲了一个故事：

任公子为大钩巨缁，五十犗以为饵，蹲乎会稽，投竿东海，旦旦而钓，期年不得鱼。已而大鱼食之，牵巨钩，錎没而下，骛扬而奋鬐。

简化成六个字，就是：放长线，钓大鱼。

"因为跟××玩得好，所以做什么事情之前都要先考虑她一下。"这是很多人都会有的思维方式，特别是高中那些认为友谊大过天的女孩子。

记得我们高中文理分科的时候，班主任特地开班会强调：

不要因为我跟你玩得好，还想跟你在一个班，所以你选文科我也选文科。一定要根据自己的喜好与水平来做出理性正确的选择，否则你会后悔终身的。

班主任没有明说的一点是，你现在看重的那些友谊，你以为比你的人生更重要，其实是因为你并没有看到真正的人生。

经历少的人往往最容易目光短浅，所以老师用自己往届的经验告诉你，想要昂首阔步地走，就必须抬起头，看得再远些。

"我为什么总是挤不进比自己厉害的圈子里？"无数个辗转反侧的深夜，你都这样问自己。

"那些人明明看起来与我相差无几，明明他们做的事情都很简单，明明我也可以做到的。"

但事实就是，你根本做不到。

那些看似简单的事情其实并不简单，抑或是虽然简单但需要坚持下来却很难，最重要的是，你给不了自己能坚持下去的信念。

你的大脑在叫嚣着，"我好累啊，我应该休息了"，于是你的手就情不自禁地点开了微信微博；

你的大脑跟你说着，"我受不了了，我要爆发了"，于是你便大闹一场，一吐为快。

因为对知识的输入过少，导致输出的东西不仅数量少而且质量低。具体就表现在大部分事情面前，你看得都不够远。

只能望见面前的人，即使看到得再多，也不及一个看得比他远的人。

而一个人读书少经历少，会造成目光短浅，更加会导致他没有增加知识输入的意识，于是便会构成一个恶性循环，厉害的人越来越厉害，差劣的人只能越来越望洋兴叹。

所以，"如果想要成为一名将军，哪怕你还是一个小兵，你也要站在将军的立场上考虑问题，那你很快就会成为一名将军。"

你见过的世面还是太少了

文 / 喵 姬

01

我有一个学渣朋友，他有一个很好的天赋，就是声音。

以前在高中的时候，他就经常会主持一些学校的晚会，或者被市里省里邀请去朗诵，参加比赛之类的活动。

在艺术这方面他很有优势，而且很有天赋，每次都是老师稍微指点，他就能掌握发声技巧，屡屡获奖。

而且他这方面的优秀，掩盖了很多其他的不足，例如他文化课特别差，考试成绩总是垫底这个事实。但是他好像不是很需要去愁这方面的问题，因为他在高考的时候，就已经破例在文化课水平不达标的情况下，被某高校的播音主持系录取了。

那时候，他都是我们的羡慕对象。

我们都以为特长只要足够长，就可以去"争霸天下"了。

最近在一次聚会里又重新遇上了他，得知他目前已经在读某高校的博士，让我们惊叹不已。而且不是播音系，而是跨系了，还是文科哲学专业，并且他的英语过了八级，把我们都吓坏了，简直就是逆天。

回想当初高三的时候，他可是连一到十的单词都写不全的呢。

从一个学渣到一个学霸，中间需要经历些什么？

我们都非常好奇的时候，他淡淡地说了一句："其实没什么的，就是到了大学之后，才发现自己的水平实在太差了，身边的人都太厉害了，自己不进步，就会跟不上。例如一条英文资讯，人家拿到手就能很流利地念出来，口语还很好，自己却要不停地练习，而且还不敢开口说。"

他后面说的话，感觉像是一把刀一样，插在我们的心口：

以前觉得自己特别牛，就算成绩不好，还是可以上比别人好的大学，但是真的接触了这个层次的人之后才知道，原来那些声音条件好的，而且学习成绩好的人，多了去了。接触越多人，越觉得自己渺小，要还是觉得自己不可一世，那么就真的混不下去了。

在知识力量不够的情况下，人真的很难有十足的自信，就会希望自己能做得更好一些。

当你见识了更高层次的人之后，你就会越想去奋斗，看到了这些厉害的人离自己那么接近的时候，就越想去靠近。但是自己不够

优秀，不够厉害的话，根本就靠近不了。在这样的推动下，就会让
自己愈加地发奋。

记得有一位老师曾经跟我说过，身边太多厉害的人值得学习了，
现在都觉得自己活的时间不够长，太多想要知道了解的东西还没去学
习，一辈子的时间太短了。

层次越高的人，越觉得时间不够用，越是会觉得人生太
短，因为他们找到了人生的正确打开方式，好奇心催使他们不
停地去探索未知领域，心里不停地获取到满足感，幸福感也骤
然上升。

02

而那些曾经读书非常厉害的同学，他们现在又在做什么？

小郑是我读高二的时候班里的班长，她的数学特别厉害，当时
老师都极力推荐她，要她以后上大学去读理工科，觉得她会在这方
面有很好的作为。

但是没想到小郑在大学毕业后马上就结婚生孩子了，回到了我
们当地的小城市生活。

想进入一个稳定的事业单位工作，无奈公务员考了几年也没有
考上，上一次问的时候，她说她放弃了，不打算再考了，反正都考
不上，不想再挣扎了，而且书也看不进去了。

对于她的情况我是非常痛心的，本来大学的时候她已经被保研
了，可是自己却放弃了，我问她就这样过一辈子了吗？

她跟我说："其实看着身边的人，觉得自己受教育水平还是挺高的，应该足够我这辈子用了，本来我也想要不要再去深造的，但是我老公说，读书没用，还不如想想怎么去赚钱。"

放眼身边，那些对自己的知识水平满意的人，认为目前的情况已经足够自己生活一辈子的，身边跟着的都是一群平庸的人，他们就像是活在了自己的世界里，自我陶醉，这种井底之蛙的感觉令他们特别享受。

其实对于他们本身而言，这样的生活是没有问题的，因为他们不知道天外有天的天是什么颜色，人外有人的人是什么样子的。

但是他们会对生活有更多的怨气和不满，那些说一辈子很长的人，其实都是没有找到真正自己想要做的事情，他们没有认清自己，他们没有体验过真正的人生。

而层次越高的人，越会觉得生活有趣，越会对生活有好奇心。

见识越多，想知道的就越多，自然就会想要将自己提得更高。

层次低的人，反而很容易放弃自己、放弃人生，因为他们找不到奋斗的目标和方向，只是一味盲目地活着而已。

所以思想底层的人，更容易对生活失去信心，生活的阳光总是照不到思想底层的人身上去，因为他们就没有想过要冒出来去见见太阳。

而这样的恶性循环，让人失去了对生活奋斗的意义。他们会觉得，只要我活着，有饭吃有地方住，还能赚一些钱让自己花，生活就满足了。

更可悲的是，他们觉得奋斗，是一件会让自己很累的事情，并不值得为之付出时间和精力，反正自己已经活得很好了。

可是这些处在思想底层的人根本不知道，自己这样的心态，将会祸害下一代。他们放弃的不只是自己的人生，还是自己后代的人生。

为什么那些越好的家庭就越过越好？因为他们给予后代的不是财富，而是一种追求精神。

03

阳光普照的人生是怎么样的？

他们都是很忙碌的，没有时间去惆怅，没有时间去迷茫，更没有盲目一说。

我知道一位作者，她就是为了自己喜欢的事情一直在奋斗，从来不说累，她一直都活得很开心。

大学的时候，年轻的她看着时尚界的人很光鲜，自己也很羡慕，就逼着自己也要成为这样的人。最后她的确也做到了，走入了时尚圈，还进入了娱乐圈，差点还做了明星。一轮打拼下来之后，她觉得自己的知识水平不是很够，又回去读了一个博士。博士毕业之后，她觉得写作是一件很有趣的事情，就埋头开始写作，出了一本超级畅销书，拿到了一笔超高稿费。

然而这还不是她奋斗的终点，现在她又一头钻到摄影里面去了，拿着相机，周游列国，拍出了各种让人觉得惊艳的照片。

她说，这个世界真的有太多有趣的事情了，我要在我有生之年多学一些，多体会一些，这样才没有浪费我这一生。

她也是一位从农村走出来的姑娘，大学接触了她的一位英语老师，又美又时尚，人还特别好。这位老师告诉她很多关于时尚的事情，香奈儿的品牌故事、OMIGA的故事，老师还给她看了她自己的各种名牌。

这个作者说，当手里拿着一个十几万元的包包的时候，就觉得以前遥远得不可触及的东西现在触手可及了，原来就是那么近，那些所谓的有钱人，其实也只是人，他们也是正常生活着的人，当出现了一种觉得自己也可以有机会可以拥有这一切的感觉的时候，奋斗的心就来了。

这位老师跟她说了一句话："不要把这些都想得那么遥远，你觉得这些东西离你都很遥远，那是因为你还活在你以前的层次范围里，而我现在把这一切都告诉你，给你最真实的物品，是把你从你的层次里拉出来，去真实地看到不一样的东西，而不是用幻想去想象一个十几万元的包包是怎么样的。"

她说，是她的老师让她看到了这个社会的层次，让她冲出了传统的固有思想。

越是体验过美好的人，就越是想要留住美好，然后自己就会想办法让自己过得更好，能沐浴到更多的阳光。

　　而那些层次越低的人，越是会觉得生活是一潭死水，激不起一点的波浪，因为他们看不到阳光，越是在这样的环境下，他们就更容易放弃自己，失去了奋斗的动力。

　　社会从来都不是平等的，它对勤奋向上的人都特别照顾，而那些越是生活艰难的人，就越不会去想怎么提高自己，他们会用一种"就这样就可以了"的思想麻醉自己，活在自己的世界里。

　　所以当你想要冲出自己的层次的时候，经常会听到一些声音：

　　折腾那么多干吗？累死自己。

　　学那么多又有什么用，可以赚钱吗？

　　让你拥有全世界又怎么样？最后还不是要死！

　　那些花十几万元去买一个包包的人，真是有病吧，还不如拿这些钱去……

　　他们不是给你人生建议，他们是已经放弃了自己的人生，还来建议你也一起放弃。

说话的分寸，就是做人的尺度

文 / 蒙琪琪

01

最近在看大师刘墉的《说话的魅力》，可谓是受益匪浅。

书中说：说话，最大的艺术就在同一句话你怎么说。哪件事先说，哪件事后说。尤其重要的是，你要知道如何说到重点。

工作两年的我，对此深有感触，说话是门学问，说话的分寸，就是一个人的尺度。工作生活中，我们最离不开的就是说话。沟通无处不在，工作上传下达需要说话，闲来打发时间聊天也需要说话……

同一个意思，不同的人会使用不同的表达方式，作为听众的感受也会截然不同，收到的效果更可能是天壤之别。常常会有些人说出的话让人听着不舒服，其实不只是他说话方式方法的问题，更本质的是他与人相处的尺度没有拿捏好。

虽说说话是为了暖场，为了拉近人与人之间的关系，但每个人都是独立的个体，再亲密的两个人也需要适当的空间，保持一定的距离感，这也是对他人最起码的尊重。

然而很多人都不懂这个道理，不是高估了自己和别人的交情，就是低估了语言的伤害力。比如我们常常会听到一些人闲来聊八卦，总喜欢拿别人的伤心事作为茶余饭后的谈资。尤其是爱聊别人感情生活的私事。不知道从哪听来的小道消息，毫无考证的事情，就当铁定的事实一样说出来。

某某的前任是谁，当初怎么认识的，后来又是怎么分手的，关于其中的一些细节说起来还特别津津有味，仿佛知道这种别人的隐私还把它公之于世，特别有成就感。

其实身边的圈子就那么大，一传十，十传百，总会把一些消息传到当事人的耳朵里。即便别人不拆穿，不来当面找你质问，但在她心里，你这个人就会被彻底否定了。

对他人隐私的保护，就是一种做人最起码的尺度。

02

那我们在生活工作中，如何把握好自己说话的分寸感呢？

可以从以下三个方面考虑：

（1）以关怀代替质问

任何人都不喜欢被人质问，即便他真的做错了什么，但人人都不会拒绝被关怀。这点我很欣赏妈妈的做法，比如有一次，弟弟的同学来家里玩，当时弟弟和同学追逐打闹把妈妈心爱的花盆打碎了，按照平时的惯例，妈妈应该要把弟弟训斥一顿了。

但是当时还有弟弟其他的小伙伴看着，妈妈并没有质问，也没有责怪，而是关心地问弟弟有没有被花盆砸到，有没有哪里受伤。我能感觉到弟弟的吃惊，还有其他孩子脸上的羡慕之情，也许他们联想到了自己做错事常躲不掉一顿骂吧。虽然是对小孩子，虽然是自己的家人，妈妈还是给予了弟弟充分的尊重，很好地把握了说话的分寸感，没有让弟弟在同学面前感觉没面子。

其实，现在的孩子尤其是男孩子，很早就有了尊严感的意识，尤其会在乎在同学面前的形象。我想，这也是一种言传身教吧。

（2）以建议代替责难

好为人师的人哪里都有，他们总是喜欢站在制高点对你辛苦所做的事指指点点，把你说得一文不值，仿佛只有他的话才是真理。

且不说这样的方式根本让人无法接受，从更深层来说，对别人也毫无尊重可言。即便是想指出对方的不足，表达自己的看法，也应该尽量用建议的方式，而非责难。你可以说，但是别人要不要采纳，决定权在他。

（3）以暗示代替直言，看破不说破

很多时候我们明知别人是在打肿脸充胖子，撑场面，就不要去故意点破他，也许别人是有什么苦衷或者另有他意。

最多也只能是暗示，虽然大多数情况下直言都是耿直性格的另一种表现，但它常常会好心办坏事，并不多明智，也没有过多地站在他人角度为其考虑。

03

长辈常常会告诫我们：说话要打草稿。话糙理不糙，打草稿是必须的。

什么样的关系说什么样的话。语言是有温度的，太低了不好，会冷得让别人不敢靠近；太高了也不好，最忌讳的就是交浅言深，会灼伤自己。

语言也是有力量的，适度出击是一种态度，可以保护自己；但用力过猛，不但会伤害他人也容易遭到报复，两败俱伤。

你的处世原则都在你说的话里，在你的用词里，在你的态度里。

做人最重要的一点就是尺度，这也是一个人的底线问题。

一个有尺度的人，别人和他相处起来会觉得很轻松，很愉快，没有束缚，没有压力。要有分寸，就势必要有一把尺来衡量。在我们不知道该把尺寸放多长时，不妨保守一点，多听多看少讲话。等双方熟悉了，环境适应了，分寸感自然就有了。然而最重要的还是培养自己做人的尺度，比如学会尊重他人，给予适度的距离感。

当我们在内心真正建立起来了这样的意识，说话的分寸也会一点点地凸显起来。原则一旦树立起来，我们会在源头对语言做一个梳理和筛选，不该说的话不说，该说的也恰到好处。

04

　　说话其实是一件特别容易的事，我们可以张口就来，但正因为它太容易实现了，我们更要小心地说好每一句话。说出去的话，泼出去的水。语言的不可更改性也同样要求我们要对自己说的话负责。

　　语言就像是我们的名片，每句话都是在一笔一画地勾勒我们的形象，展示给对方。

　　也许我们的话并不多动听和美妙，但最起码要能体现出自己是一个有尺度、有分寸的人。

你的素质就是你最好的资源

文 / 清 悠

在资源有限的时候，不要忘记你就是最大的资源、最重要的因素。你的状态、方法、品质、信心，将决定一件事情的未来。

01

朋友今年毕业了，去了一个很不错的单位工作。

之前就听他说，老师非常喜欢他，极力希望他能够留校，但是他为了女朋友，毫不犹豫地选择了女友所在的城市。

老师忍痛割爱，说朋友是他这么多年来最得意的一个学生。师兄弟们非常羡慕他，羡慕他有好的运气，同时对于老师的偏心也有些小嫉妒。

去年夏天，我正好去朋友所在的城市出差，时间紧迫。恰逢他的导师请课题组老师和学生们等三十几个人吃饭，朋友就顺便把我也带上了。

吃饭间，朋友忙前忙后，帮老师张罗饭菜，替同学们安排座次。

整个饭桌上没吃几口菜，有几位老师临时有事，先行回家，也是朋友将这几位老师送到门口，扶着喝醉酒的老师，给老师叫出租车。

整个晚上他都是礼貌而周到，并且把现场的气氛调动得非常好，大家玩得都很开心，难得的放松和舒服。

饭后，我跟他说："我要是你的老师，我也会如此偏爱你，你豪爽大方、不拘小节、努力认真、学业优秀、礼貌踏实，一直给人一种放心的感觉，交往过的人几乎众口一词地夸赞你。

"其实，你的同学、师兄弟们只是看到了老师的偏爱，没有看到原因。比如，就在刚才，你在里里外外地帮助老师张罗，给喝多酒的老师打车，还要时刻照顾我的情绪，怕我因为陌生而不能放松下来。可是除你之外的同学们却是在饭桌上谈笑风生，并没有表示礼貌和帮助。"

朋友说："哪有所谓的好运气和偏爱，只不过是自己的努力没有被人看到。他们只看到我跟同学出去吃饭喝酒，可是他们不知道即便是吃饭，我也在学习，我随时会抓住大家说话的有用的信息点放到自己的工作中，多少个夜晚睡不着觉想着科研实验该如何进行，才有了现在的顺利。

"而你说的那些礼貌不过是做人的本能而已，做人不就是应该礼貌真诚吗？并不是老师偏爱我，我才顺利，而是因为自己的努力赢得了老师的偏爱而已。本质上，只有自己的优秀素质才是自己最大的资源。"

朋友的老师喜欢他，为他的不留校感到万般可惜，这不但是对其能力的肯定，更是对其高尚修养的肯定。

正是他本身所具有的这种素质，使得老师愿意成为他的贵人，愿意在事业上尽其所能地去帮助他。

个人的素质就是自己的名片，你所有的道德、品行、能力经过时间的验证都会刻在别人的心里，而他人是尊重你、喜爱你还是对你敬而远之，实际上都是看你这种名片是否体现了一定的价值。

02

个人价值不仅表现在顺境中的提升，在逆境中的增长才更能体现一个人的气度涵养。

同样是一个做科研工作的朋友，读书时他所在团队的科研氛围却并不怎么乐观。老师以先入为主的印象否定了他，之后任凭他再怎么努力和出色，老师仍对其有意见。

他告诉我，这是一个常人难以忍受的环境，面对着沉重的科研，迷茫的未来，再加上老师的不理解、挖苦，3年中，他承受了巨大的压力。但是他没有抱怨，依旧努力踏实，发表了多篇高水平的文章，其中一篇高水平的文章是该团队十几年来最好的一篇。

他的性格、心理也因此被磨炼得更加沉稳、平和。他说，经过

来"的道理。

德艺双馨，这不仅是搞艺术的人应该拥有的素质。

搞管理的需要领导才能和高贵品质，做技术的需要技术精湛和良好修养，做学术的同样需要科学精神和高尚人格。无论做哪一行，只有自身素质提高了，自己变得优秀了，才能走得更远。

我们身边或许有这样的人，我们认为他无论做什么工作，去哪里发展，都会做出成绩。

我们之所以这么认为，并不是这个人有多么开阔的眼界，多么强大的人际关系和社会资源，而是我们确信他拥有着具备做好一件事情的素质和精神，我们对其充满信心。

对于外力资源本就匮乏的人来说，唯一能做的，就是把自身具有的素质全部发挥出来，投注到一件事情上，认真、踏实地去做，做到最好，做到极致，以此来增加自身的价值。

等到你自身足够优秀，你想要的资源也就到来了。

你的脸就是你情绪的积累

文 / 萧萧依凡

01

一件很久远的小事,我一直记忆犹新。

多年前,我和一位阿姨走在路上。一辆电动车从身边路过,车灯狠狠地从阿姨的胳膊上刮过去。阿姨踉跄了几步,我连忙扶住她。那辆电动车剧烈地摇摆了几下,然后在前面骤然停了下来。

一双穿着时尚高跟鞋的脚支到了地上。车主扭过头来,大声地骂骂咧咧:"没长眼睛啊?怎么走路的?净挡道。"我们明明是在便道最靠里边的位置上。更何况,电动车是从身后过来的,当时左右并无其他车辆与之抢道。

我气不过,准备跟她理论。阿姨拉住我,摇摇头,低声说不要跟这样的人一般见识。然后,她抬起头笑着说:"姑娘,对不起啊。"那姑娘居然毫无愧色,厉声说道:"算你们识相。要不是我没空，今天非跟你们好好聊聊！"

说完，电动车一溜烟儿地扬长而去。我内心愤懑，觉得阿姨实在有点"包子"。我们明明在理，却硬要吃这个哑巴亏。况且，就算那姑娘一时情绪不佳，也不应该在别人身上撒气！

阿姨看着我疑惑的表情，说："你年纪还小。她并不是什么一时心情不好，拿人撒气。你看她那张不好看的脸，一瞧就不是什么内心良善的人。我们何苦要惹这种人，让自己不开心。"

我更加疑惑。抛开心中的不快，客观地说，那姑娘其实长得很漂亮，五官很是精致。但是，仔细想想，她虽然漂亮，一说话嘴角斜吊，眉目之间满是凶狠，想来是长期暴戾所致，确实不那么好看。

好看不同于漂亮，无关外表的精致与否，是一种让人很舒服的内心体验。当然，这是我后来才领悟到的。一个人的脸骗不了人，那是多少昂贵化妆品都掩盖不住的。

一个人日常的情绪，是先于也深于各种伪装，最深刻地呈现在脸上的。正所谓，看孟郊"春风得意马蹄疾，一日看尽长安花"，观黛玉"一年三百六十日，风刀霜剑严相逼"。

02

对于一个人好看不好看，孩子通常是很敏感的，是天生的评判者。这也是我们成长中对于情绪判断的第一个懵懂却准确的阶段。

读书时，我曾带着一行人去支教。那些伙伴都是第一次和孩子们见面。仅仅是在自我介绍之后，大家的受欢迎程度就有了明显的区别。

其中一个男同学，并无特别之处，却备受孩子们的喜爱，很快就和大家打成了一片。就连平时不怎么爱说话的孩子，也变得活泼了好多。而同行的某些素来性情乖戾的俊男靓女，虽能歌善舞，却依然备受冷落。

我心生好奇，私底下问几个孩子，为什么他们特别喜欢那个男同学？几个孩子歪着头，想了一会儿，居然回答我，因为他长得很好看。我惊讶于孩子们用词之谨慎。

那位男同学长相普通，和帅气并无瓜葛，但性情确实很好，在同学中人缘也很好。他无论遇到什么事情，总是很开通豁达的样子。所以，吸引孩子们的，正是他长久积淀下来的"气场"。

孩子们的判断标准，都是身边一张张单纯好看的脸。这些稚嫩的脸，不曾有长久不良情绪的积累，都一如白纸般纯净美好。所以，他们总是能一眼从大人堆里找出那个和自己一样"好看"的同类人。

如果用心观察，你会发现，很多心地不善、长期悲苦的人，即使是对小孩子摆出一张笑脸，小孩子也会下意识地躲起来，即便这个孩子平素开朗外向。

慢慢长大之后，我们会有那么一个阶段，在简单与复杂之间徘徊，对善与恶，好与坏，生出恍惚，生出诸多不确定性。我们会阶段性地失去孩子般准确的判断力。我们眼中会忽略掉"好看"与否，把注意力都集中到了漂亮与否上。

03

但是，当一个人有了一定阅历之后，依然会慢慢回归到儿时，能容易地对他人做出判断。对方过往的情绪，会变得一目了然。这个阶段，我们逐渐成长为最优秀而精准的"以貌取人"者。

关于"以貌取人"，有一个广为人知的生动案例。

一次，林肯总统面试一位新员工，后来他没录取那位应聘者。

问他原因，他说："我不喜欢他的长相！"

问者不理解，又问："难道一个人天生长得不好看，也是他的错吗？"

林肯回答："一个人40岁以前的脸是父母决定的，但40岁以后的脸是自己决定的。一个人要为自己40岁以后的长相负责。"

在年少那个似是而非的年龄，我读这个故事，曾生出同样的疑惑。作为一个总统，应该是理性超于常人的，他何以这般"任性"？可是，随着年龄和阅历的增长，我逐渐领悟到"以貌取人"的内涵。这并不是毫无依据的个人好恶。

情绪心理学中曾提到，情绪是有外显功能的，面部表情是情绪外显的表现之一。情绪会通过人的面部流露出来。同理，通过观察他人的面部，我们亦可以推测他人一时和一世的情绪。

这也正是为什么那么多伟大的名人，曾留下那么多"以貌取人"的名言警句。席勒曾经说过："心灵开朗的人，面孔也是开朗的。"无独有偶，巴尔扎克这样说："心灵反映生活，面貌反映心灵。"

人最无法自我欺骗的就是自己的情绪。

情绪总是堂而皇之地走出内心，爬上脸庞。那些内心狰狞，常年沉浸在消极情绪中的人，面容找不出一处平静素美。一时激烈的情绪，我们可以靠着自控力来压制和克服，使之显得不那么凛冽。但是，日积月累，情绪在脸上的体现，却会逐步隐秘地呈现出来。

所以，很多看面相的算命先生，其实并非不学无术的"江湖骗子"。

哪有那么多无缘无故的猜测，又能恰好猜对。他们不过是阅人无数，深谙各种情绪。你一时一世的情绪，都写在脸上了，他看得懂也就猜得对了。仅此而已，虽不深奥，却也不简单。

04

虽然，上天对一个人的外貌只掷一次骰子，从出生那刻就决定了你是不是一个漂亮的人。

但是，你依然可以决定，接下来的人生要不要做一个好看的人。

关于邓文迪，曾经有一篇很火的文章。文章的主旨就是邓文迪不再好看。一张张邓文迪照片的呈现，像过往情绪的一个缩影。岁月背后，邓文迪在同龄人里，还是漂亮的，但是却已经不再好看。那些照片会给你的内心带来很大的触动，因为对比实在太明显。

这张脸和眉宇间展露出来的是丝毫不加掩饰的怨怼、凉薄和不开心，写满狰狞和只管输赢的种种情绪。任何化妆品都无法遮盖。明眼人一眼看得出，这些年，她应该过得很不快乐，内心充斥着难以控制的不良情绪。

与人交往，很多人都无意识地选择那些面容看起来明亮的人。那种清澈和美好，能瞬间点亮别人的情绪。内心美好善良的人，即使是面对人生中的各种竞争和压力，也不会变得面容狰狞和阴暗。压力从来不应该成为一个人变得不好看的理由。

就连与陌生人接触，我们也都倾向于选择那些"好看"的人。比如买早点时，那家面容开朗的店铺老板，会让你一天都有好心情和好胃口。比如打的士，那个眉目之间都充满对生活热爱的师傅，他不会那么容易路怒，他还会把家长里短，很好听地讲给你听。

除了内心的嫉妒之外，那些让你觉得不好看不舒服的人，远离是最万无一失的办法。有些人，惹不起，还是躲得起的。不去挑战那些长期被消极情绪环绕的人，这是对自己的爱护。

一个不能让自己变得好看的人，是对自己不负责且无能的人。

他不能很好地排遣自己内心的情绪，无法进行情绪转换，这是无能之一。

他不能改善给自己带来不良情绪的处境，难以从根源上给予自己良好积极的心态，这是无能之二。

即便是天生丽质的人，也不能后天有恃无恐。若不能好好修炼自我，做一个优秀的情绪把控者，天赐的精致五官依然会变得扭曲。

做个好看的人远胜过一个漂亮却狰狞的人。

好看的人，才能有一个真正漂亮而坦荡的人生。当你能够为自己营造一片开阔时，内心就迎来了春暖花开。你那么好看时，你就已经赢了自己，你还怕什么呢？

你对父母的态度，决定你过怎样的人生

文 / 呼呼猫妈

01

前阵子，我给妈妈在手机上装了一个视频软件，方便她随时看老剧。

妈妈很喜欢，把之前的《梅花三弄》《渴望》《年轮》等，都翻出来看。

不过也有不便之处，她对视频软件的操作不灵光，不知道怎么搜剧，也不知道怎么选集，每次都得让我帮忙。

她看剧看得勤时，问得也就勤了，难免让我心情烦躁。有一次没忍住，我跟她说话的口气很不耐烦。

那次之后，妈妈好长时间都没找我给她弄手机。

有一天，妈妈看我吃完饭，就试探性地跟我说："闺女，不忙吧？能不能帮我搜一下《婉君》，我自己摆弄了半天，实在搜不出来……"

她说话的声音越来越小，说到最后一个字时都没声了，显然没什么底气，怕惹我不高兴。

我赶紧赔上笑脸，帮她把电视剧搜了出来。

妈妈的举动让我很心疼。不知从什么时候起，我那个说一不二的强势妈妈变得这么唯唯诺诺了，连找我帮个小忙还要如此小心翼翼，恍然间才发觉父母都老了。

就在我们渐渐长大，从稚嫩的婴孩变成独当一面的大人时，我们的父母也在老去。

他们的精力越来越差，比我们懂得的东西越来越少，让我们拿主意的时候越来越多，眼界和经验也被我们比下去，成了时时需要依赖和仰仗我们的老小孩。

我们总以为只要多赚些钱就能让父母安度晚年。其实父母要的并不是太多的物质，而是一份安全感。

不需要讨好我们，不需要在我们面前小心翼翼，不需要担心自己的衰老和蠢笨惹我们嫌弃。哪怕一无所有，也因为自己的儿女无所畏惧。

我们对父母最好的爱，就是好好保护他们年轻时的"强势"，让他们在我们面前永远有底气。

我们对父母最好的态度，就是时时把他们放在心上，像小时候那样在乎他们的喜怒哀乐。

02

一个人对父母的态度，有时会在关键时刻改变他的人生轨迹。

去年，大哥自己创业了，开了一家小公司。本来发展平平，就因为和某一大公司合作，彻底打开了市场。

说起这次合作，其实最开始谈判得并不顺利。

大哥的公司是个新公司，虽然能力不错，但在业界还没有创出亮眼的成绩，知名度并不大。那家公司也是担心大哥的公司年轻不可靠，并不想把这块业务交给他们。

眼看合作谈不拢，气氛也尴尬起来，大哥的电话适时响起。他一看来电人是母亲，立马和大家说："实在不好意思，这个电话非常重要，先失陪一下。"

众人见他如此郑重其事，都在好奇到底是什么大人物让他连生意都可以放下不谈。

大哥还没走出会议室就赶紧接了电话，显然一点都不敢怠慢。电话一接通，他就亲昵地喊了一声"妈妈"，然后特别温柔和缓地与母亲对话。

大家都看傻了眼，原来他口中的那位重要人物就是自己的老母亲。

就因为这个举动，那家大公司决定和大哥合作。

那家公司当然不是冲动，他们觉得，这么重视亲情的人肯定错不了。他和妈妈说话的语气和方式，也体现着他的稳重和耐心，这样的人管理公司，自然诚信可靠。

后来，两个公司合作得很顺利。大哥的公司也借由这次合作在业界建立了良好的口碑，后面的业务不断，财源滚滚。

不得不说，正是对母亲恭敬温顺的态度，给大哥的公司带来了机遇，让他一路向上，越来越好。

我们对父母什么样，我们就是什么样的人；我们是什么样的人，就能吸引什么样的人和事；我们和什么样的人相处，和什么样的事相遇，我们的生活就是什么样子。

疼爱父母的人，自带贵人缘。他们往往能得到同样重情重义的人的赏识，从而结下善缘。

相反，一个对父母不好的人，也可能随时丢了本该属于自己的福气。

03

表弟去相亲了。

听介绍人说，这家姑娘不错，长相百里挑一，性子又单纯，还是大学老师，和条件好的表弟特别相配。

可表弟没看上人家。

我以为介绍人又夸大其词了，把个丑姑娘夸成一朵花。没想到表弟说姑娘确实漂亮单纯，和他也聊得上来，其实他挺心仪的。

让表弟对姑娘失去好感的是一件意外的事情。

表弟中途去了趟卫生间，从卫生间出来时看到姑娘正对着一个衣衫老旧的妇人发脾气。

表弟看这两人面貌相似，猜测妇人是女孩的妈妈。

他为了不让两人尴尬，没有走近她们，但隐约能听到姑娘说的话。

没听两句，表弟就知道怎么回事了。原来那确实是姑娘的妈妈，她不放心，就悄悄躲在两人后面偷看，想帮女儿把把关。

其实这位姑娘的妈妈也是好意，但姑娘很生气。她把妈妈从头到脚数落了一通，言语里面还夹着嫌妈妈丢人的字眼儿。

姑娘的妈妈一句不敢还口，一直低头听着。她看着比同龄人苍老很多，显然平时受了不少苦。

后来问介绍人才知道，原来姑娘的父亲早逝，全靠母亲一人把孩子拉扯大，又当爹又当妈，日子过得很不容易。

这样和女儿相依为命的妈妈，在公共场合都能被女儿如此数落，在家的情形可想而知。

爱父母是诸德之本。一个人，如果连对自己的父母都不好，那么他的外表再光鲜亮丽，事业再辉煌，社会地位再高，也是一个卑劣之人。

表弟就是因为这一点拒绝了姑娘。他说，他可以接受姑娘家里穷，也可以接受姑娘是单亲家庭，甚至可以接受姑娘有点小脾气，但就是不能接受她对自己的母亲这样差。

听介绍人说，姑娘非常中意表弟。本来她挺让表弟动心的，却因为对母亲的态度，失去了喜欢的人，也和一段美好的姻缘失之交臂。

04

父母是我们人生的起点，他们给了我们生命，让我们有游历人生的机会。

父母也是我们人生的转折点，我们对待他们的态度会把我们引向不同的人生轨迹，从而遭遇不一样的人生。

其实，从某种意义上说，父母还是我们人生的终点。他们能认证我们到底会变成什么样的人，是失败的人，还是成功的人。

那天，几个朋友在讨论一个问题，什么是成功。

大家七嘴八舌的，有的说以屌丝之资娶个白富美，有的说学渣逆袭成为500强公司的高管，有的说一举拿下诺贝尔奖，有的说赚它几个亿，反正不外乎名权利。

轮到大林时，他没有直接说出答案，而是给我们讲了他的故事。

他本是农村孩子，因为考上大城市的学校才有机会留在大城市工作。从穷旮旯里出来的孩子受尽辛苦，自然更渴望成功。他肯吃苦，有拼劲，能力强，很快就闯出名堂，还娶了富家千金当媳妇。父母也特别为他高兴，觉得儿子真是光宗耀祖。

可惜，岳父一家不太看得上他的穷父母。媳妇也很嫌弃，父母从乡下来看，都不往屋里领，直接送旅店，等生了孙子也不让爷爷奶奶看，说乡下人不卫生，别把细菌带到孩子身上。

本来被亲家和儿媳嫌弃就不好受，再加上连亲孙子都看不见，大林的父母更难过了。老家的乡亲们又老说他们的闲言碎语，让他们受了不少气。

我们总想追求成功，但当我们家财万贯，权倾一时，名享海外时却发现我们的父亲在叹气，我们的母亲在流泪，这样的成功还有什么意义？

别让你的成长拿父母的身躯当垫脚石，别让你的勋章拿父母的血泪当原材料。

成功不在外面，它始终在家里。它不是你从外界赢得的鲜花和掌声，而是你永远都有能力保护自己的至亲不受委屈。

深到骨子里的教养，是不对亲近的人发脾气

文／姚瑶

01

每年高考结束后，总能在社会新闻上读到一出出悲剧。这林林总总的故事，听上去各不相同，内在的原因却惊人的相似。

每个不幸的考生背后都有一个情绪失控的家庭。

达州小斯最终选择了投河。此前他在社交工具上发表了很多死亡预言，吐露了各种轻生的愿望。他在留给世界最后的话语里面描绘着那种失控：考98分也被骂，夹菜姿势不对，一巴掌打过来，动不动就罚就打，在这个家感受不到爱，始终高兴不起来，即使离开也不会不舍。

寥寥数语已经能让旁人感受到疾风暴雨，禽鸟戚戚的悲惨景象。

然而悲剧的制造者——小斯的父母直到目睹小斯冰凉的尸体，

痛彻心扉，也不能明白怎么骂两句，打两下，发几顿脾气就把孩子送走了。

导致小斯自杀的原因表面上看是责骂，是体罚，实际上是小斯对与最亲近的人互动时永远得不到支持，只能得到指责和怨恨的绝望。

美国著名心理学家哈洛曾做过一个实验，叫绝望之井。在实验中，哈洛给恒河猴造了一间黑屋子。

他将猴子头部朝下吊了两年。实验结束后，猴子出现了严重、持久的精神病理行为。它呆呆地坐着，远离猴群，完全失去了一只正常猴子应有的活力，成了重度抑郁猴。

实验证实，对灵长类动物来说，黑暗笼罩的孤立带来最深重的恐惧和绝望。

但是我们很多人还没来得及意识到一件事，那就是我们失控的脾气正在变成身旁最亲近的人的绝望之井。

02

我的祖父自幼失去双亲，一生目不识丁，谋生的手段只靠力气，拆东墙补西墙地养家糊口，尝尽饥寒交迫，性情粗糙无常。他用不假思索、简单粗暴的方法生养5个儿女。

爸爸常和我说起他们小时候，爷爷白天在码头装货卸货，回到家闷头抽烟独坐，若有小孩发出过于激烈的嬉闹声，必遭爷爷更激烈的喝止。

饭桌上尤其要求保持安静。喝汤发出咕噜声，闲谈发出争执声，一顿"爆栗子"就敲过来了。

兄弟姐妹淘气时，爷爷采取就近原则，手头的任何工具操起来就收拾。叔叔的头顶上至今留着杯口大的伤疤。

爷爷以为那年头的小孩都是这样长大的。他不知道他那随意即兴、像小钢炮似的、有火就发的育儿风格，给5个儿女带来各自性格上的缺陷并且伴随他们一生。

我的爸爸习惯对事情做悲观预言。爷爷的指责怒斥让爸爸从骨子里感到自己一定是一个很差劲的小孩。

所以他没有办法接纳乐观美好的事物。只要一遇到幸运的好事，他就觉得肯定弄错了。他宁愿把结果想得糟糕一点，才会比较安心。

他这样对自己，也这样对我。

我还记得十多年前，高考前夕的某一天，爸爸很认真地对我说，去帮我算了一卦，算命先生说我命中注定，高考考不上，差几分。我当时悲愤交加，特别痛恨老爸。

别人的爸爸总是用正面的语言鼓励孩子，可我的爸爸总是打击我，不看好我。

长大后，我学了一些心理学才知道这是童年粗暴的家教带给他的伤痛和糟糕的思维习惯。

比起一开始就乐观积极，他更相信绝地反击和血淋淋的激将法。这正是低度自我认同感的表现。

爷爷那些无端的脾气加深了幼年的父亲这样的自我概念：因为我不好，你才会对我发脾气；我好的话，你为什么要发脾气呢？我那么不好，我配不上那些好。

与此同时，我的姑姑和叔叔们几乎都有类似的问题。

内核一致，表现各异：情绪不稳定，不能好好说话，听不进别人的意见，爱反驳别人，喜欢挑刺，毒舌……

03

教养说到底就是看一个人能在多大程度上站在别人的角度考虑问题。

一个人发脾气的时候，面目可憎，疾风暴雨，口不择言，尖酸刻薄，含讥带讽，最不能从别人的角度想问题。

在游乐场，有个孩子被某个游戏项目吸引，玩了一次还想再玩一次。妈妈当众大声斥责孩子："你是怎么答应过我的？做不到以后永远别来！"孩子抱着怒火中烧的妈妈，哭成一团。妈妈嫌弃地甩开他，厉声要求他不要再哭，孩子止不住抽泣。

妈妈突然扬长而去："叫你哭，叫你哭！"孩子在妈妈身后一路追赶一路更凶猛地哭……

这样的场景并不陌生。这位妈妈发脾气便是不能从孩子的角度出发看问题导致的。

孩子天性喜欢玩，容易被新鲜稀奇的事物吸引。一开始随便答应你，后来由于情境变化而不能信守承诺也是常有的事。

孩子哭得非常伤心，正遭遇情绪挫折时，让他像机器运行那样说停就停是极不合理的。

可是妈妈却因为自己特别讨厌哭闹声，执意要求孩子照她说的做，否则就弃他而去，这也是非常缺乏人性关怀的。

《安徒生童话》里面有个故事，题目叫《老头子总是对的》。说的是从前有一对老夫妻，过着清贫的生活。

老婆子和老头子商量着把家中仅有的一匹马卖掉换些更有用的东西。换什么呢？老婆子说："老头子，你决定吧，你做事总不会错的。"

于是老头子骑着马到了市场。先后把马换成母牛，母牛换成羊，羊换成鹅，鹅换成鸡，最后把鸡换成一袋子烂苹果。

两个有钱人半路上听说了这件事，都认为老头子回家会遭到老婆子的责骂，老头子却坚信自己会得到一个吻，于是他们以金子做赌注。

后来，两个有钱人惊奇地发现，在旁人看来这一路走下坡，越换越廉价的交易却每次都让老婆子大加赞赏。

老头子为什么有这种信心呢？显然是因为老头子做每一个选择都是诚心诚意地站在老婆子的立场上的。他把老婆子的需要看得比物品的价值更重要。

真正有教养的人是不以自我为中心的，因此他从不随意发脾气，也不怕对方生气。

故事的结局，两个有钱人赌输了，金子奖赏给有教养的老头子。

这个结局有很深的寓意：刻在骨子里的教养会赢得生命中最值得的奖赏，那就是一段如沐春风的情谊和关系。

04

美国的儿科医生兼心理学家吉诺特在《孩子，把你的手给我》这本书里曾说，我们应该把孩子当成客人。

因为假如今天你家的客人忘记带伞，你不会走上去对他大发脾气，进而说一串尖酸刻薄、夹枪带棒的话："你怎么回事？每次都要丢东西，不是这个就是那个。你怎么就不能像某某某啊。你都四十多岁了，怎么不长点记性？我敢说，你的头如果不是长在肩膀上，你会把头都弄丢。就你那样连一把伞都管不好的人能有什么出息！"

我们什么也不会说，只会礼貌地微笑，马上把伞送到客人面前："您的伞，走好，再见！"

我们常常把毒舌留给亲近的人，把优雅留给陌生人，因为我们的心里有陌生人和亲人之分。

事实上，别人是不分陌生人和亲人的，除了自己都是别人。那些以"为你好"的名义，对别人发的脾气其实都是教养不够的表现。

《菜根谭》里说："家庭有个真佛，日用有种真道，人能诚心和气，愉色婉言，使父母兄弟间形骸两释，意气交流胜于调息观心万倍矣。"

意思是说家庭生活应该遵循一个原则，人与人之间要心平气和，坦诚相见，以愉快的态度和温煦的言辞相待。

最亲近的人之间感情融洽，没有隔阂，意气相投，这比嘴上说说要修身养性、观心内省强万倍。

这正应了这句话：刻进骨子里的教养是不对亲近的人发脾气。

真正伤害你的，是你的解释风格

文 / 姚 瑶

01

有一篇网络爆文转发率很高，题目叫《真正伤害你的是你对事情的看法》，文章的论点、论据都深得专业人士和非专业人士的心。

专业人士很容易想到著名的ABC理论——由美国心理学家埃利斯在20世纪60年代提出。该理论强调：是我们对某件事的认知评价引起消极或积极的情绪及行为反应，而非事件本身。

非专业人士呢，则会联想到那只骆驼：这只骆驼在沙漠里行走，一块玻璃瓶的碎片把他的脚掌硌了一下，本来他可以选择不理会这无伤大雅的小插曲，继续安稳地往前走。偏偏这时他选择了大动肝火，抬脚把碎片狠狠地踢出去，这下小印痕变成了大伤口。

血迹引来饥饿的秃鹫、凶狠的狼和黑压压的食人蚁，活活把庞大的骆驼逼上绝处。骆驼临死前追悔不已："我为什么要跟一片碎玻璃生气呢？"

02

那么问题来了：人们对事件的看法是怎么产生的呢？从事件发生到看法形成，这中间又经历了什么？有没有办法快速改变一个人的看法？

打个比方吧。此刻你发了一条重要的短信给某人，结果迟迟不见某人回复。不同的人就会有截然不同的看法、情绪，并做出不同的决定。

有人生气愤怒，发誓再也不给某人发短信了；有人平静从容，决定等会儿再说；有人着急忙慌，立刻发更多的短信。

从发短信不回复到做出各种决定，这中间一定有一个像催化剂一样的东西起到激发作用。

心理学家把这个东西命名为归因方式，也就是解释风格，即每个人解释事件发生原因的倾向。

当我们发现短信没有得到回复后，并不是立刻形成看法，做出决定的，而是先在大脑里做出对方未能回复原因的解释。

如果解释为对方现在很忙，没有看到短信或者暂时没有找到回复的时机或者需要深入思考，才能慎重回复，你就会平静松懈，继续等待。

如果解释成对方会不会遇到什么紧急情况，正处于危险之中，你的肾上腺素会骤然升高，紧张慌乱之下又发了更多短信，甚至还可能立刻打电话过去。

总之，你对事件发生原因的解释才使你形成对事件的最终看法，继而影响情绪和行为。

由于每天发生大量事件，我们需要不断地对事件发生的原因做出解释。久而久之，大脑形成了一种相对稳定的解释风格。很多时候，我们甚至没有觉察到解释的过程，便已经对事件做出了反应。

03

我们对事件的看法是由解释风格决定的，这一点在许多生活事件中得到印证。我听说过有一对夫妻某一次吵架的情形：和大多数吵架的起因类似，无足轻重到睡一觉就能想不起来。这对夫妻是为了孩子吵起来的。

有一天，妻子把几个月大的儿子放在床上，逗他玩，这时老公进来了，一看孩子没穿尿裤，光屁股坐在床上，二话不说把儿子端到厕所开始把尿。妻子异常气愤，追了过去，朝老公劈头盖脸道："小孩子是个物品吗？不需要他的同意，就随便把他端过来端过去。你总是这样！你就是这样！不顾及别人的感受，从来不懂得尊重别人！"

老公不吭声。老婆没有对手感，更加气愤："你说话呀，你为什么不说话？"

过了一阵，老公以为事情已经过去了。两人埋头吃饭。老婆突然站起来把老公的碗筷夺走了，老公很错愕。老婆说："我就是要让你也感受一下不被尊重的滋味。"

战火立马升级。老婆说："我要离婚。不和你这样不尊重别人的人过一辈子。"老公说："离就离，现在就去……"老婆之所以怒不可遏，失去理智，闹到要离婚，既不是老公真的罪不可赦，也不是老婆爱作。

问题出在老婆的解释风格。她把老公抱走孩子把尿这件事解释为老公不尊重孩子，又扯上从前种种，联想到一辈子要和这样的男人过，不免悲从中来，伤心欲绝，于是离婚也在所难免。

可是这个解释是不成熟的。抱走孩子是不能和不尊重孩子，进而不尊重所有人画等号的。所以阻止他们离婚的最好办法是调整老婆的解释风格。

老公着急抱走孩子是怕孩子突然撒尿把床单床垫弄湿，要劳烦老婆洗刷晾晒而已。建议老公以后抱走孩子前要和孩子商量一下，他不说话不代表他不需要被尊重。这样一解释，婚肯定不用离了。

04

还有一对夫妻。妻子学文出身，多愁善感；丈夫是理工男，做事一板一眼，习惯用实验和数据说话。有一段时间，妻子得了失眠症。她每天都抱怨自己前一天晚上一分钟都没有合眼，整宿整宿睡不着。她越是这样想越难入睡。到后来开始恐惧夜晚，恐惧睡眠这件事，连安眠药都没用。

她对医生说：自己失眠是因为自己失去了睡眠的能力。睡眠是一个人最基本的生理需要。失去满足自己最基本需要的能力比医生判定一个壮年男子得了阳痿打击更重大。

丈夫听了妻子对医生说的话，有点怀疑，但他没有告诉妻子。他决定这个晚上自己不睡觉，躺在妻子身边，暗中观察、记录妻子的睡眠情况。很快他便发现妻子对失眠原因的解释是错误的。虽然和正常人相比，她的睡眠质量的确有点糟，但绝不是像她自己说的那样：一分钟都没睡着。

丈夫偷偷做了一张表，把妻子的觉醒时段和入睡时段都一一描绘、标注出来。第二天，当妻子又开始苦恼绝望地诉说昨晚一夜没睡时，丈夫把绘了一夜的表拿出来给妻子看，他认真地指着表说："你看，你是有睡眠能力的。凌晨1点到3点你睡着了，5点到6点多又眯了会儿，足足睡了3小时。并不是你说的一分钟都没有睡着。"

妻子听了又惊讶又感动。她终于相信自己仍有睡眠的能力。经过一段时间治疗，她的失眠症痊愈了。真正让妻子失眠的正是她对失眠原因的不良解释。

除了不成熟的解释外，单一的解释风格也是造成人生困境的原因。如女士X认为自己不幸福的婚姻是老公造成的，改变不了老公也就意味着改善不了婚姻；女士Y认为不幸的婚姻是多方面原因共同造成的，改变不了老公，但可以改变的事情还有很多，婚姻的幸福指数也有提升的空间。

哈佛大学著名心理学家兰格曾对离婚现象进行研究发现：将失

败的婚姻归咎于前夫的女士更加难以自拔，而认为婚姻问题有许多原因的女士更容易从困境中走出来。显然多元的解释风格与单一的解释风格比较，前者提供了更多走出困境的路线。

05

我在读《爱迪生传》时，特别留意一点，我试图从心理学的角度来寻找发明大王从不被失败和困难打倒的原因。结果，原因就是他的解释风格。

他是这样解释自己耳聋这个放在任何人身上都会深感痛苦的缺陷的。

他说："耳聋，从某种意义上说，对我是有利的。我在电报局工作时，我只听我的工作台上的电报机，别的电报机便不能像干扰别人那样干扰我。当我在实验电话机时，正是耳聋使我必须改进送话器，以便连我也能听到。至于机械刻录机，也是如此。"

1868年，爱迪生获得第一个发明专利：电动表决机。他打算把这个机器卖给国会。结果国会主席当着他的面说："年轻人，如果世上有什么发明是我们根本不需要的话，那就是这个东西。"

爱迪生遭遇了嘲笑和失败。他对此解释道："我想作为一个技术人员，我并没有犯错，而是作为一个商人犯了错。"国会的拖拉作风使他们根本不需要什么电动表决，但一定会有需要的地方。果然经过改装，爱迪生终于把机器卖给了纽约股票交易所，取得第一次商业上的重大获利。

从爱迪生的例子看,解释风格有悲观和乐观之分。悲观的解释风格认为失败的原因是内部产生的,而且这种因素稳定,不易改变;乐观的解释风格认为失败是外部因素造成的,而且这种因素是不稳定的,可变的。

爱迪生的成功很大程度在于他乐观地解释了失败的原因以及困境对自己有利的那一个角度。这些就是他能坚持下去的理由。

一个人的解释风格如此重要,它深刻地影响生理、心理的积极或消极变化,也决定一个人毕生的坚持和放弃,成功与失败。

06

好消息是一个人的解释风格是可以改变、可以塑造的。

1996年,美国的一个研究小组创立了一种叫"归因再培训"的干预方法。研究人员组织了一批大学毕业生观看两个毕业生关于如何做出职业选择的对话录像。

其中实验组看到的对话,重点放在任何职业成长都要付出自身的努力与汗水。对照组则把对话重点放在好工作取决于外部环境和运气上。短暂的干预后,实验组成员表现出了对职业选择有更多的内部控制上,并愿意采取更多职业探索行动,而对照组则没有这些变化。

当事件发生时,改善你的解释风格就等于降低事件对你的伤害,提升事件对你的积极意义!

你的脸就是你生活的样子

文 / 文 浅

　　一个人过得好不好，有时候不用问，看他的脸就知道了。一个把微笑挂在脸上，眼里永远有笑意、面色红润的人，通常惬意、舒适、愉快，并且幸福环绕。

01

　　小咪今年28岁，未婚，无男友，甚至是从未有过男朋友。

　　每每谈论起她为什么没有男朋友的原因，小咪总是义愤填膺地说道："这个看脸的社会啊，他们不就是觉得我不好看吗？"

　　我认真端详了下小咪，虽不算美女，脸的轮廓还算精致。

　　素颜，脸上长痘，有点油光满面的样子，头发有些乱，绑了一把，有几根垂了下来。

　　整个人看上去，就是活得不太好的样子。

我有些犹豫，但还是忍不住问了一句："你多久没有洗头发了？"

"啊？我？我忘了。"她一脸迷茫，略带思索。

"你最近是不是又经常加班，经常熬夜啊？"我又问。

"你怎么知道的？"她问道。

"你的脸告诉我的。"我打趣道。

其实，她的整个颓唐的气质和发黄的脸都在说着："生人勿近，靠近者死。"

人的气场经常可以看出一个人的状态，而一个人的脸其实已经映射着他的生活。你的脸如果像你的生活一样惨不忍睹，又如何让别人对你趋之若鹜？

自己过得不好，自己活得混乱的人，又怎么吸引到别人呢？

其实，一个人过得好不好，有时候不用问，看他的脸就知道了。

一个脸色蜡黄，双眼无神，眼白泛浊，眼带血丝的人，通常休息不好，焦虑、混乱、忙，或者麻烦缠身。

一个把微笑挂在脸上，眼里永远有笑意、面色红润的人，通常惬意、舒适、愉快，并且幸福环绕。

02

前几天，我见到了很久没有见面的学长。

他大学时，学习成绩优异，又担任着主要的学生干部，学弟学妹总是将他奉为神话，他的许多故事在"民间"流传。

那时的他总是那么淡然俊雅，脸上泛着光彩，自信从容，幽默，有些指点江山的气势。后来由于拔尖的能力，出色的成绩，被保送上了学校的研究生。那时的他，少年得志，谈笑风生，正要开启着自己开挂的人生。

但是这次见面，他却跟我想象中有些差距。

现在的他行色匆匆，步伐略快，脸色蜡黄，嘴唇泛白，眉头微锁，没有清理的胡楂迫不及待地诉说着他的生活。

他的脸和表情都在告诉我，他不太好。后来攀谈才知道，最近他忙于课业、论文修改、课题研究，还有即将到来的就业压力，天天处于焦虑之中。

那些生活的疲惫，日子的艰辛，通过脸这个窗口，一览无余地暴露出来。毫无征兆，无声无息，却让人一目了然，尽收眼底。

脸真是个神奇的东西，高兴或不高兴，过得好或者不好，都作为最主要的媒介诉说着你的生活。

你好时，脸上的每一寸肌肤都在微笑，藏都藏不住的嘴角都在说着你的开心；你不好时，每一个眼神都在叹息，皱也皱不完的眉头留下的纹路是每一刻不幸福的积累。

你看，你的脸总是暴露着你的生活。

03

脸是会欺骗人的，表情可能是装的，开心可能是假的。

但是，在不经意间流露出来的表情，和通常状态下的脸其实也最能反映一个人的生活状态。

一个人的脸经常能反映他的生活，虽看不出家世钱财，但是却显露着生活的样子。

S小姐是我的高中同学，大学毕业就在家乡当了一名幼儿教师，老师的职业让她看起来总是泛着成熟的魅力，讲话轻声细语，绵绵软软。

她平时喜欢看书、下厨、书法、养花。

那些高雅又简单的爱好，慢慢深入她的骨髓，陷入她的内心，然后外化于形，滋养着她的生活，甚至是滋养着她的脸和气质。

她本是一张长得好看的脸，面容清秀，画着淡妆，不能说肤如凝脂，但确实是巧笑倩兮、美目盼兮。现在整个人看上去更美了，优雅，娴静，还有脸上那股子好看的淡定从容。

人们经常说，人的眼睛会说话。其实，人的脸也会说话，人的精神气质更会说话。

她是那种一见面就像认识了很久的人，很爱笑，很亲切，她脸上显现出来的恬淡气质带着不可抗拒的亲和力和饱满的精神状态，让我想跟她成为朋友。

相处下来，我发现她是一个让人觉得很舒服的人。也发现原来我们有很多的共同爱好，于是才有了更深一步的认识，才可能从琴棋书画聊到诗酒人生。

我一直觉得对女性的脸的最好的评价并不是"你长得很漂亮",而是"你看起来很舒服"。

04

脸就是人们认识的第一个窗口。

没有人可以一见面就通过你凌乱的外表直达你体面的内心。

脸作为人的第一张名片,首先需要的是经常打理。

女性的脸干净整洁,清眉淡唇,就能给人一种舒服的样子。男性的简单清理,刮刮胡子,就能看起来不疲惫和不苍老。

当然,脸好看,绝不是只有表面工程。相由心生,心由事成,把自己的生活处理好,把日子过舒坦了、过有趣了,人才能真正好看。

要知道,愉快和健康才是最好的美容剂。

多微笑。

不是因为幸福才笑,而是因为笑多了,才发现自己原来可以这么简单地幸福。不要害怕微笑会有皱纹,那也是生活美丽的勋章。

多锻炼。

有研究表明,能坚持跑步的人,幸福感通常比不运动的人要高,当然其他运动也一样。

早点睡。

晚睡会变丑,这就是早睡最好的理由。别每天说着今天一定要早睡，然后在睡觉的时候拿着手机缴械投降。

长得好看的人，活得不一定好看。但是活得好看的人，一定让你觉得长得越来越好看。

有人说这是一个看脸的社会，我倒觉得这个社会就应该看脸，脸经常能反映人的生活，折射人的气质，彰显人的精神状态和生活情趣。

毕竟，一个人的脸就是他生活的样子。